Maze Hunter

메이즈 헌터 5

초판 1쇄 인쇄일 2015년 12월 16일 | **초판 1쇄 발행일** 2015년 12월 18일

지은이 이한빈 | **펴낸이** 곽중열 | **담당편집 팀장** 이범수
편집부 신연제 이윤아 김호성 김은경

펴낸곳 (주)조은세상 | 출판등록 제 2002-23호
주소 경기도 연천군 미산면 청정로 1355
TEL 편집부 02)587-2966 | FAX 02)587-2922
e-mail bukdu@comics21c.co.kr

ⓒ이한빈 2015
ISBN 979-11-5832-398-1 | ISBN 979-11-5832-245-8(set) | 값 8,000원

이한빈 퓨전 판타지 장편소설

NEO FUSION FANTASY STORY & ADVENTURE

메이즈
헌터

Maze Hunter

⑤

북두
두
(주)조은세상

CONTENTS

NEO FUSION FANTASY STORY & ADVANTURE

Maze Hunter
메이즈헌터

NEO MODERN FANTASY STORY & ADVANTURE

메이즈
헌터

1

Maze Hunter

1

드라커는 급히 의회로 나갔다. 혼은 브로크데일로 떠났
겠지만 시간을 끌어 좋을 것이 없다고 판단했다. 혼이 정
보를 다 가지고 떠났으니 다른 길드에게 레드 핸드의 노
림수가 들킬 염려도 있었다.

"아직 충분하지는 않겠지만."

드라커는 자신의 사무실로 들어갔다. 사무실 책상 위에
는 허블 망원경처럼 생긴 기계가 올려져 있었다. 현미경
수준으로 매우 작은 이 물건은 드라커의 무기 능력. 바로
감별기였다.

그 어떤 물체든 정확하게 진실한 정보를 보여주는 기
계.

"일을 서둘러야겠어."

오거들을 전부 죽이는 작전. 그것은 오랜 시간이 필요한 작전이었다.

감별기를 통해 알아본 리젤의 물약에는 치명적인 단점이 존재했다. 리젤의 물약은 오거의 감정을 없애는 것이 아니라 감정을 억제하는 것이었다. 난쟁이들을 향한 봉사정신 같은 것들은 남겨두고 분노 같은 난쟁이들에게 해가 될 감정들을 억누르는 것이었다.

그것은 마치 활화산을 시멘트로 덮어버린 것과 같았다.

"균열이 생기면 펑하고 폭발하기 마련이지."

모베라에서 내분이 일어나고 있다는 것을 듣자마자 드라커는 모베라에 들어왔다. 감별기를 통해 리젤의 물약에 치명적인 약점이 있다는 것을 알아낸 그는 리젤을 밀어주기 위한 전략을 짰다.

"부르셨습니까?"

젊은 난쟁이와 깡마른 오거가 드라커의 사무실 앞에 도착했다. 드라커는 종이에 휘갈긴 편지를 봉투에 넣은 뒤 인장을 찍어 난쟁이에게 건넸다.

"이 포인트에 가면 레드 핸드의 사람들이 있을 거야. 전해주겠나? 지도에 점을 찍어놓았네."

난쟁이는 지도와 편지를 받아들고는 경례를 했다.

"얼마 안 멀군요. 그럼 금방 다녀오겠습니다."

편지에는 편지를 받자마자 움직여 달라는 드라커의 작전이 적혀 있었다.

그 뒤, 드라커는 의회 안쪽으로 향했다. 연구실이 있는 장소. 그곳에서는 분노의 물약이라는 것을 개량하고 있었다.

"잘 돼 가나?"

드라커는 연구실의 문을 열고 들어가며 말했다. 한참 연구에 몰입하고 있던 세 난쟁이의 목이 휙 드라커 쪽으로 돌아갔다.

"아, 드라커님 오셨습니까?"

연구실장을 맞고 있는 난쟁이가 장갑을 벗어 던지며 드라커에게 걸어왔다.

"아이고, 어쩐 일이십니까? 미리 연통을 주셨다면 저희가 차라도 준비했을 텐데."

"연구 중에 바쁠 텐데 무슨. 어쨌든 뭐 내가 준 레시피대로 개량은 됐나?"

"예예, 물론입니다. 딱! 보기에도 아주 굉장한 레시피였으니까 말입죠. 정말 이 굉장한 걸 만드시다니 대단하십니다. 피부로 흡수되는 분노의 물약이라니. 이제 굳이 오거 등 뒤에 저희들이 탈 필요도 없겠습니다. 하하하."

감별기는 리젤의 물약의 문제점을 짚어줄 뿐만이 아니

라 어떻게 하면 오거들의 감정을 터트릴 수 있는 방법 또한 알려주었다. 그것은 분노를 일으키는 물약을 먹이면 되는 것이었는데, 일방적으로 난쟁이들이 오거에게 사용하던 전투용 물약과는 좀 다른 것이었다.

그것이 바로 이 연구실에서 만들고 있는 물약.

망각의 물약이나, 분노의 물약.

각각 개별적으로 두고 보면 아무 문제가 없는 물약일 수 있다. 하지만 그 두 개가 합쳐졌을 때 오거는 폭주하기 마련이다. 망각의 물약으로 억제된 감정이 많으면 많을수록 말이다.

"좋아, 그럼 지금 당장 대량 생산 가능한가?"

"물론입니다. 뭐 한 500개 정도는."

"1,000개."

드라커가 단호하게 말했다.

"오늘이 지나가기 전까지 1,000개를 만들도록."

"네, 그러도록 하죠."

난쟁이는 난감한 표정을 지었지만 어쩔 수 없다는 듯 고개를 끄덕였다.

"빨리빨리 움직여!"

난쟁이는 동료 연구원들에게 외치며 다시 자기 자리로 돌아갔다.

의회의 앞.

혼은 몰래 의회를 둘러보며 상황을 살폈다. 드라커는 어쨌든 모베라의 핵심 관리자로 그를 죽이면 모베라의 대죄인이 되는 것이었다. 그렇게 되면 난쟁이들이 오거를 이용해 혼의 뒤를 쫓을 것이다. 오거의 힘이 어느 정도인지 확실하게 알 수 없는 현재로써는 피하고 싶은 상황이었다.

작전은 한가지였다. 드라커와 유키카제를 암살하는 것.

그러나 일반인도 아니고 힘이 권력인 이 세계에서 암살이라는 것은 쉬운 일이 아니었다. 그게 아무리 혼이라 하더라도 유키카제 정도 되는 실력자를 순살하고 나오는 것은 불가능에 가까운 일.

일단 드라커를 죽인다.

혼은 골목 구석에서 모포를 뒤집어쓰고 대기하고 있었다. 그런 그의 옆으로 리첼리아가 날아왔다.

"이야, 위에서도 잘 보이지는 않네요."

리첼리아가 너털웃음을 터트렸다. 공중을 날아다닐 수 있는 리첼리아로 의회를 정찰한다는 것은 괜찮은 아이디어였지만 의회는 그저 우유 팩 모양의 건물일 뿐이었다. 스텔스 기능이 있는 것도, 투시 기능이 있는 것도 아닌 리첼리아가 알아낼 수 있는 정보는 많지 않았다.

"그래도 가운데는 뻥 뚫려 있어요. 가운데 정원도 있고. 그 한가운데에 이상하게 생긴 장식품도 있고."

"그 예쁜 정원에서 목이나 매달지 그랬나."

"에이, 맘에도 없는 말을."

"드라커는?"

"안에 있긴 한 거 같더라고요. 창문으로 살짝 보였어요."

암살 시 가장 중요한 것은 타깃의 위치파악이다. 첫 공격이 헛방으로 끝나는 순간 암살의 기회는 다시 돌아오지 않을 수 있다. 그러나 현재로써는 드라커의 정확한 위치 파악을 할수도 없고, 끌어낼 수도 없었다.

원래라면 잠입을 해 정보를 알아냈겠지만 혼이 아무리 잠입의 귀재라 할지라도 난쟁이로 변장할 수는 없었다. 최대한 존재감을 지우고 잠입하는 방법도 생각은 해봤지만 난쟁이들 사이에서 존재감을 지운다는 것 자체가 거의 불가능한 상황이었다.

"정면돌파뿐이네."

혼은 턱을 만지작거리며 말했다.

"리첼리아. 너는 천화랑 다테한테 페이즈 2로 진행한다고 말해. 그리고 바로 돌아오고."

"롸저!"

리첼리아는 장난스럽게 경례를 하더니 다시 공중으로

올라갔다. 리첼리아가 사라진 뒤 혼은 정보지를 불러냈다. 과거 제 3기사단에게 보여줬던 그 정보지였다. 그곳에는 혼이라는 이름과 메이즈 헌터라는 길드명이 적혀 있었다.

혼은 길드명을 조심스럽게 오린 뒤 새로운 정보지를 만들었다. 그리고 검은 펜으로 정보지를 똑같이 그리기 시작했다. 혼이라는 이름부터 길드 명까지. 요즘 시대의 서류 조작은 컴퓨터로 하지만 혼 같은 경우는 만약을 대비해 손으로 하는 법도 수련했다. 덕분에 복사기보다도 더 정교한 복사본을 만들 수 있게 되었다.

"이 정도면 되겠지."

혼은 두 종이를 비교했다. 다른 점이라고는 단 하나. 메이즈 헌터라고 적힌 길드명에 레드 핸드라고 적혀있다는 것뿐이다.

혼은 그 종이를 창고에 넣은 뒤 의회를 향해 걸어갔다.

의회의 안은 난쟁이들이 지내는 곳이라고는 생각할 수 없을 만큼 넓었다. 의회는 오거들이 편하게 돌아다닐 수 있게 애초에 천장이 높고 넓게 지어졌다. 혼은 양옆에 멍하니 서 있는 오거들을 힐끗 보며 안쪽으로 걸어갔다.

"잠시, 잠시. 누구십니까?"

양복을 입은 난쟁이가 뛰어나오며 물었다.

"드라커 참모장을 만나러 왔는데. 안에 계신가?"

"네, 계십니다만. 누구시죠?"

"아, 설명이 늦었군."

혼은 창고에서 정보지를 꺼내 보여줬다.

"레드 핸드에서 급히 왔네. 참모장님을 만나봐야 해서. 들어가도 되겠나?"

난쟁이는 정보지에 적힌 길드 명을 보았다. 혼은 자연스럽게 정보지를 구긴 뒤 옆에 보이는 쓰레기통에 휙 던졌다. 난쟁이는 고개를 끄덕이고는 안쪽을 가리켰다.

"네, 들어가셔도 됩니다."

정보지는 거짓말을 하지 않는다는 선입견. 맨 처음 정보지가 종이로 나왔을 때부터 어딘가 써먹을 곳이 있을 것으로 생각했던 혼이었다. 자고로 정보지란 그 자리에서 막 소환된 것이 아닌 이상 믿으면 안 되는 것이다.

어쨌든 혼은 의회로 들어왔다. 입구에서 당당히 걸어왔기에 그 누구도 그를 이상하게 쳐다보는 사람이 없었다. 혼은 세버런스를 소매 안에 숨기고 드라커와 유키카제의 행방을 찾았다.

의회는 적막했다.

혼은 지나가는 난쟁이를 잡아 레드 핸드의 사람이라 밝히며 드라커가 어디 있는지를 물었다. 난쟁이는 아마 사무실에 있을 거라며 친절하게도 드라커의 사무실을 알려주었다. 혼은 난쟁이가 알려준 사무실 앞에 섰다.

혼은 눈을 감고 정신을 청각에 집중했다. 안에서 드라커와 유키카제의 목소리가 들렸다. 혼은 마음가짐을 가다듬고 안으로 들어갔다.

가운데에는 탁자, 소파가 양쪽으로 놓여 있고, 그 앞으로 사무실 개인 책상이 놓여 있었다. 양쪽으로는 책장과 그림들이 걸려져 있다.

순식간에 방안을 스캔한 혼은 바로 유키카제에게 달려들었다. 유키카제는 예상치 못한 혼의 등장에 놀란 듯 잠시 주춤거렸다.

그리고 혼은 그 찰나를 놓치지 않았다.

혼은 유키카제를 잡아 넘어트리며 그녀의 목에 세버런스를 가져다 대었다. 한치의 오차도 없는 정밀한 움직임에 유키카제는 물론 드라커도 반응할 수 없었다.

"처음 뵙겠습니다."

혼이 살벌하게 말했다.

유키카제는 눈에 보이게 침을 목으로 넘겼다. 그녀의 시선은 드라커를 향해 있었다. 드라커의 말에 따르면 혼은 아마 모베라를 떠나 브로크데일로 가고 있어야 했다. 그러나 그는 지금 이곳에서 유키카제의 목숨줄을 쥐고 있었다.

상황이 이해가 안 되는 것은 드라커도 마찬가지였다. 진실한 정보를 보여주는 그의 신체 능력이 혼의 말이 진실이라 감정을 해주었다.

마음이 바뀌었다? 그런 어처구니없는 상황이 있을까. 자신의 마음을 마음대로 컨트롤 할 수 있는 사람은 세상에 존재하지 않는다.

"어째서 여기 있지?"

드라커는 얼빠진 질문을 건넸다.

"당연히 너희들을 죽이러 왔지."

"아니, 분명히 브로크데일로 가겠다고."

"그건 거짓말."

혼은 세버런스를 치켜들었다. 바로 유키카제의 목에 내리꽂고 드라커마저 죽일 생각이었다.

드라커는 빠르게 머리를 굴리고 있었다. 능력에 대한 의문점은 내버려두고 지금 상황을 타파할 방법. 정보, 그런 것이 과연 존재하는 것일까.

"잠깐! 우리를 죽이면 안 될 텐데?"

"타당한 이유를 말하면 살려주지."

혼은 꽉 막힌 사람이 아니었다. 언제나 이득에 따라 움직이는 회색의 사람. 드라커의 제안이 충분히 매력적이라면 상황을 뒤집는 것도 불가능한 것은 아니었다.

"레드 핸드에게 찍히게 되는 게 얼마나 두려운 일인지 모르지는 않겠지?"

"놔둬도 내가 인도자라는 이유로 찍히겠지. 설마 나의 정체를 숨겨준다는 말은 안 하겠지?"

"숨긴다고 약속하지."

"거짓말. 난 너의 능력을 선천적으로 타고나서 말이야."

선천적으로 타고났다기보다는 필사적인 노력으로 얻었다고 해야 옳을 것이다. 드라커의 제안을 들은 혼의 손은 망설임 없이 떨어졌다.

세버런스가 유키카제의 목을 찌르기 직전, 드라커가 다시 외쳤다.

"난 이 미궁의 정보를 가장 잘 알고 있다!"

세버런스가 살짝 유키카제의 목을 찔렀다. 혼이 초인이 아니었다면 반응하는 것도 힘든 찰나의 순간이었다.

혼은 드라커를 슬쩍 쳐다봤다.

"그래서?"

"내, 내 정보를 주지. 살려줄 건가?"

"그 말은 사실이군."

혼은 그럼에도 아직 틈을 보이지 않았다. 유키카제는 조금이라도 움직이면 자신의 목이 절단될 것을 알고 있다. 그래서 쉽사리 반항하지 못하고 상황을 주시하는 것이었다.

드라커는 어떻게든 유키카제를 살리려고 하고 있었다. 상황을 반전시키려면 유일한 무력수단인 유키카제가 살아있어야 한다. 만약에 유키카제가 죽어버린다면 훗날 드라커가 혼에게 반항할 수단이 사라지는 것이다.

유키카제는 드라커의 무기라는 소리다. 무기마저 빼앗길 수는 없다.

"어떻게 정보를 줄 거지?"

"간단해. 내가 너의 길드에 들어가는 거지."

드라커는 손을 들더니 말했다.

"길드 탈퇴."

정말로 탈퇴를 하겠냐는 창이 눈앞에 나타났다. 드라커는 아니오를 누른 뒤 창고에서 미리 준비해둔 정보지를 꺼냈다.

정보지는 진실만을 말해준다. 그것은 모두가 가지고 있는 선입견이다. 혼이라고 다를 것이 없을 것이라 드라커는 생각했다.

"자."

드라커는 정보지를 혼에게 보여줬다. 그의 정보지에는 길드명이 적혀 있지 않았다. 이것으로 아마 의심은 접을 것이다. 길드까지 탈퇴했음에도 의심하는 사람은 아무리 미궁인이라 하더라도 거의 없다.

하지만 혼은 특별했다.

"그 방법은 이미 나도 써먹었다. 더 할 말이 없는 거 같으니."

"드라커님."

사무실 문이 열리면서 오거에 탄 리젤이 들어왔다. 유

키카제, 혼, 그리고 드라커까지 전부 리젤에게 시선을 옮겼다. 리젤은 상황을 보자마자 바로 반응했다.

"침입자!"

리젤은 주머니에서 붉은색 물약이 들은 주사기를 꺼냈다.

유키카제는 혼이 시선을 옮기는 순간을 놓치지 않고 발버둥 쳤다. 혼은 그와중에도 정확히 유키카제의 목을 날려버리고 뒤로 물러섰다.

"유키카제!"

드라커의 외침과 함께 리젤이 주사기를 오거의 목에 꽂았다. 전신이 보라색인, 붉은 눈의 오거는 화들짝 놀라더니 점점 얼굴을 일그러트렸다.

"우어어어어!"

오거가 크게 외치며 허리춤에서 중식도처럼 생긴 칼을 꺼내 들었다. 인간의 몸통만큼 커다란 것이었다.

"에쉬크, 저 검은 머리 남자를 죽여!"

리젤이 소리를 치자 오거가 알겠다는 듯이 고개를 끄덕였다.

분노의 물약.

리젤표 분노의 물약을 맞은 오거들은 주인의 명령 이외의 그 어떤 명령도 듣지 않는다. 완전히 화가 나 미친 상태였지만 절대로 난쟁이의 적이 되지는 않는다는 것이었다.

에쉬크라는 이름의 오거는 탁자를 밟으며 혼에게 달려들었다. 탁자가 부서질 것을 예상하지 못했는지 살짝 기우뚱거렸지만 에쉬크의 일격은 매우 위협적이었다.

혼은 에쉬크의 중식도를 옆으로 피한 뒤 상황을 살폈다.

오거의 신체능력이 어느 정도인지 파악하는 것이 급선무였다. 드라커는 그 틈을 타 밖으로 도망쳤다.

혼은 도망치는 드라커를 보며 중얼거렸다.

"쉬운 게 없어. 인생이 원래 그렇지."

혼은 정신을 집중해 리첼리아에게 말을 전해보았다. 근처에 있다면 대답을 할 것이다.

-어디냐? 빨리 와라.-

몇 초가 흘러도 대답이 없다. 대신 에쉬크의 중식도가 머리로 떨어지고 있을 뿐이다.

"정말 쉬운 게 없어."

혼은 세버런스로 중식도를 받았다.

"크윽."

혼은 뒤로 밀려나 벽에 몸을 박았다. 벽에 균열이 생길 정도로 강력한 일격이었다. 오거라는 이름이 아깝지 않을 정도의 근력.

혼은 일단 에쉬크 먼저 처리해야 한다고 생각했다. 한 방 맞으면 뼈고 살이고 전부 날아갈 것만 같은 공격을 마구잡이로 휘두르는 에쉬크를 무시하고 드라커를 잡으러 갈 수는 없다.

"이래서 오거들을 죽여야 한다는 거군."

혼은 왜 드라커가 오거들을 전부 죽이려고 하는 지을 알수 있을 것만 같았다.

원을 가지고 있다 하더라도 이런 오거, 그것도 한 마리도 아니고 오거 군대를 상대하는 것은 불가능에 가까웠다. 모베라를 차지하게 되더라도 그건 상처뿐인 영광이었다.

-아아, 부재중 메시지가 있어서 연락드립니다. 살아있나요? 인도자님.-

혼이 고전하고 있는 와중에 리첼리아에게서 연락이 들어왔다. 혼은 한숨을 내쉬고는 대답했다.

-살아 만나 반갑군.-

-후훗, 고전 중이시네요.-

리첼리아가 웃으며 말했다. 그리고 잠시, 리첼리아가 깨진 창문에서 날아 들어왔다.

원(元)이 도착했다.

"빨리 처리하자."

"하하하, 그렇게 하지요!"

리첼리아가 팔을 쭉 펴고 말했다.

"일루미나."

리첼리아는 바로 검의 모습으로 바뀌었다.

에쉬크는 일루미나를 든 혼을 보더니 살짝 뒷걸음질 쳤다. 반쯤 미쳐 있는 오거 또한 강자를 알아보는 것이었다. 일루미나를 들었을 뿐임에도 혼은 좀 전까지는 차원이 다른 강자가 되어 있었다.

일루미나를 든 혼은 자신감 있게 도약했다. 에쉬크는 여전히 위협적으로 중식도를 휘둘렀다.

리첼리아는 알아서 적의 공격을 전부 방어해주었다.

은색의 검에서 삐져나온 작은 줄기가 중식도를 휘감았다. 에쉬크는 멍청한 표정으로 중식도를 바라보았다. 그 사이, 신속으로 돌진한 혼이 에쉬크의 목을 떨어트렸다.

순식간에 일어난 일이었다.

혼은 고개를 돌려 리젤을 보았다.

리젤은 목이 떨어진 에쉬크를 가만히 쳐다보고 있었다. 생사를 함께 해왔던, 어릴 때부터 같이 살던 오거였다.

친구 이상의 친구. 인생의 동반자였다.

망각의 물약을 에쉬크에게 쓸 때도 리젤은 고민에 고민을 더했다. 망각의 물약을 써야 한다고 주장하는 파의 수장으로서 쓰지 않을 수도 없었다.

에쉬크는 그런 리젤의 상황을 이해하고 조용히, 불만 하나 없이 망각의 영약을 받아들였다.

에쉬크는 죽었다.

리젤은 허탈하게 에쉬크의 떨어진 목을 보다가 천천히 발을 옮겼다.

"에쉬크. 미안하다. 미안해."

리젤은 잘린 에쉬크의 목을 꼭 껴안았다. 작은 난쟁이의 몸통만 한 오거의 머리. 혼은 잠시 리젤에게 시간을 주었다.

"자, 그럼. 드라커가 어디 갔는지 아는 분 말해주세요. 먼저 말하는 쪽을 살려주지."

"에쉬크를 죽인 놈에게 동료마저 팔 수는 없지."

"정당방위였다고. 미친 오거는 죽여야 한다. 그쪽의 주장이 아니었나?"

혼은 리젤의 바로 앞으로 갔다.

"천천히 생각하라고."

혼은 리젤의 뒷목을 쳐 기절시켰다. 그때 밖에서 엄청난 양의 발소리가 들렸다. 드라커가 도망을 치면서 침입자가 들어왔다고 알린 것이다.

"이런, 제대로 풀리는 일이 없어."

❖

"이야, 오거들이 쫙 깔려서 수색이 힘드네요."

리첼리아가 민망하게 웃으며 말했다.

혼은 창고 안에 있었다. 좁은 창문 밖으로 의회의 앞이 보였다. 이미 오거들이 쭉 깔려 쉽게 나갈 수 없을 것만 같았다.

그래도 탈출이라면 가능하다. 저 멀리 페이즈 2의 명령을 받고 숨어있는 천화와 다테도 얼핏 보였다. 그들의 도움을 받으면 거의 100% 탈출할 수 있다.

하지만 그렇다면 드라커를 죽이고 자신이 인도자라는 것을 숨길 방법이 사라진다. 훗날 레드 핸드에게 쫓길 것을 생각하면 이대로 물러날 수는 없었다. 아니, 레드 핸드만 쫓아오면 다행이다. 다른 길드의 정보원들까지 혼이 인도자라는 것을 아는 순간 혼은 모두가 원하는, 하지만 모두가 죽이고 싶어하는 인물 1순위가 된다.

드라커는 꼭 죽여야 한다. 하지만 복도에도 오거들이 깔렸다. 아무 계획도 없이 드라커를 찾아다니다가는 모베라의 오거 전체를 상대해야 하는 상황이었다.

혼은 잠시 리젤에게 시간을 주었다. 드라커가 어디로 숨었을지 리젤은 알고 있을 것이다.

벙커의 존재.

그 어떤 의회든 비상시 대피하는 장소가 숨겨져 있을 것이다. 혼이 알 수 없는 그 장소를 이들이 말해주기만 한다면 오거들을 피해 드라커를 잡는 것도 불가능한 일이 아니었다.

하지만 리젤은 말할 생각이 없어 보였다. 혼은 리젤을 떠보기로 했다.

"드라커라는 놈이 모베라를 꿀꺽할 생각이라던데. 그건 알고 있나?"

"하하하, 그게 가능하다고 생각하나?"

리젤은 어이가 없다는 듯이 고개를 절래 흔들었다.

"비록 아쉬크가 너에게 졌지만 여기는 그런 오거가 1,000마리는 넘게 있어. 고작 너희 워커 100명, 200명 정도가 어떻게 할 수 있는 곳이 아니라는 거지. 알았나?"

리젤은 자신만만했다. 그렇기에 드라커의 도움을 받은 것이기도 했다. 모베라는 힘이 있었다. 오거의 힘과 난쟁이의 물약이 만나 그 어디에도 꿀리지 않는 군대를 만들어냈다. 워커란 조심해야 할 동시에 다루기 힘든 힘이었다.

리젤은 그 힘을 다룰 자신이 있었기에 드라커를 이용했던 것이다.

드라커가 무언가를 원해서 모베라에 들어왔다는 것은 리젤도 알고 있었다. 드라커의 속셈을 알고도 리젤은 망각의 물약 의무화를 시행했다.

물약에 대한 지식은 난쟁이가 세계 최고였다. 망각의 물약에 부작용이라는 단점은 존재했지만 그것은 고작 1%도 안 되는 수치였다.

"오거가 있는 한 모베라는 워커들이 어떻게 할 수 없다."

"그 오거를 다 죽인다고 하던데."

혼이 리젤의 눈을 똑바로 바라보며 말했다.

"너도 아는 건 없네. 그렇지?"

리젤은 혼의 단호한 태도에 살짝 흔들렸다. 망각의 물약에 설마 자신이 모르는 다른 효과가 있는 것일까? 아니, 만약 그렇다 하더라도 워커가 그것을 안다는 것은 말이 되지 않는다.

난쟁이가 모르는 물약의 효능을 고작 워커가 어떻게 알고 이용하겠는가.

혼은 계속해서 입을 다물고 있는 리젤을 보며 한숨을 내쉬었다.

"이걸 어떻게 불게 한담."

❄

드라커는 벙커에 들어가 있었다. 오거들이 경비를 서고 있다고 하더라도 쉽게 밖으로 나갈 수가 없었다.

손톱을 물어뜯으며 밖이 보이는 작은 창만을 쳐다봤다. 시간이 흐르고 흘러 하늘이 푸른색으로 밝아오기 시작했다.

드라커는 마음을 다잡고 자리에서 일어났다. 연구실로 가서 새로운 분노의 물약을 받아와야만 했다. 아직 밖에서 특별한 소란이 없는 것으로 보아 혼도 섣부르게 움직이고 있지는 않다고 봐도 무방했다.

드라커는 벙커를 나서 빠르게 연구실로 향했다. 오거들이 건물 기둥 하나, 하나에 전부 배치되어 있었다.

그들의 어깨에는 난쟁이들이 타고 있었는데, 이는 완벽한 타이밍에 분노의 물약을 비롯한 다른 각성 물약을 투입하기 위함이었다.

어쨌든 전투의 흔적이 없는 것으로 보아 혼도 어디 숨은 것이 분명했다.

그렇다면 일은 쉽다.

물약을 받아 의회 중앙에 있는 물약 분사기로 오거들을 폭주시킨다. 그러면 혼이 아무리 날고 긴다고 하더라도 혼자서 수 백마리, 수 천마리의 오거를 상대로 싸울 수는 없었다.

"다 준비됐나?"

드라커는 연구실 안으로 들어가며 외쳤다. 녹초가 된 연구진이 눈에 들어왔다. 연구실장은 벌떡 일어나 한쪽에 쌓여 있는 물약을 가리켰다.

"일단은 다 만들어 두었습니다만……."

"잘했다."

드라커는 자기 키만 한 병에 담긴 물약을 쳐다봤다. 그렇게 3통이나 있었으니 양은 충분할 것이다. 드라커는 창고를 열어 물약을 전부 챙겨 넣었다.

"의회 안에 있는 오거들에게 밖을 지키라고 명령해라. 빨리 움직여."

"아, 알겠습니다."

연구실장은 쓰러져 있는 연구원들을 하나, 하나 전부 깨웠다. 연구원들은 힘겹게 일어나 밖으로 나가 오거들에게 드라커의 말을 전했다. 드라커는 재빨리 물약 분사기로 향했다. 어떤 방에서든 정원을 볼 수 있었다.

그 뜻은 정원으로 나가는 순간 혼에게 발견된다는 것이었다.

드라커는 정원으로 나가기 전에 심호흡했다.

단번에 일을 끝낸다.

드라커는 물약 분사기의 위치를 확인했다. 대포처럼 생긴 물체가 정원 한가운데에 위풍당당하게 서 있는 것이 보였다.

그것이 바로 물약 분사기.

비상시 난쟁이들이 사용하는 것이었다. 오거들이나 난쟁이들에게 예방접종, 혹은 전쟁 중 회복 물약을 사용하기 위해서 만들어진 것이었다. 물약 분사기를 사용하면 한번에 모베라에 있는 전 오거나 난쟁이들에게 물약을 뿌리는 것이 가능했다.

드라커는 힘껏 달려 물약 분사기 앞에 도착했다.

사용 방법은 이미 사전에 알아두었다. 물약을 넣는 구
멍은 대포의 옆에 있었다. 강철로 체가 쳐져 있어 물약 병
을 깨 넣어도 유리는 걸러지게 되어 있었다. 이는 급한 상
황에서 물약을 넣기 쉽게 하기 위함이었다.

드라커는 물약 병을 차례차례 꺼내 강철 체 위로 내려
쳤다.

통 안에는 탄환이 장전되어 있었다. 물약을 탄환 안으
로 다 넣은 드라커는 땅에 박혀있는 칼을 뽑았다. 그것은
탄환이 굴러가지 않게끔 막아놓는 역할을 하는 것이었다.

탄환은 데굴데굴 굴러 대포 안으로 장전되었다.

마지막으로 폭발의 물약을 대포에 어 넣은 뒤 불을 붙
이면 끝이다.

심지가 타들어 가기까지 10초. 드라커는 그것이 마치
10년처럼 느껴졌다. 아니나 다를까, 불을 붙이자마자 창
문이 깨지는 소리와 함께 한 남자가 정원에 착지했다.

"드디어 기어 나왔군."

혼의 어깨에는 은색의 창이 올려져 있었다. 혼은 곧바
로 발진해 드라커를 향해 창을 내질렀다. 드라커는 반응
하지 못하고 뒷걸음치다가 펑하는 소리에 넘어졌다. 혼의
창이 허공을 꿰뚫었고, 검은 탄환이 하늘 높이 올라갔다.

"아하하하하. 끝났다!"

드라커가 미친 듯이 웃어 젖혔다. 혼은 미간을 찌푸리고 구름 속으로 사라진 탄환을 쳐다볼 뿐이었다.

드라커의 마지막 수가 저거였던 것인가.

이 대포가 쏘아 올린 저 탄환에는 도대체 무엇이 들었단 말인가. 혼은 머리를 굴렸지만 정답은 나오지 않았다.

탄환을 먹은 구름이 붉은색으로 바뀌기 시작했다. 점점 크기를 더해가던 구름은 중력에 끌리듯 땅으로 내려왔다.

이윽고 붉은색의 비가 모베라에 떨어지기 시작했다.

"이로서 오거는 전부 죽는다."

"어떻게? 라고 물어보면 대답은 해줄 건가?"

"못할 것도 없지."

드라커는 몸을 일으켰다. 비가 두 남자를 적시고 있었다.

"분노의 영약. 좀 다르긴 하지만 대충 그런 거지. 감정을 뿜어낼 수 없었던 오거들은 이 물약을 통해 쌓아놓았던 감정을 터트릴 수 있게 되었다. 기대하라고. 분노를 토해내는 오거들의 전쟁을."

설명이 개떡 같았지만 혼은 찰떡같이 알아들었다. 드라커는 작전 성공을 만끽하듯 비로 샤워를 하고 있었다.

"설명은 들었는데 말이야. 그래서 네가 이렇게 자신만만해 하는 이유는 뭐지?"

드라커는 어이가 없다는 듯이 혼을 쳐다봤다.

"왜? 자신만만하면 안 되나? 설마 지금 이 상황에서 날 죽이려고? 하하하, 생각이 없네. 생각이 없어. 밖에 오거들을 뚫고 이 모베라에서 빠져나갈 수 있을 거로 생각하나? 곧 있으면 레드 핸드의 전투병력이 투입될 거야. 날 죽이고 모베라에서 못 빠져나가면 너희도 죽는 거지. 왜? 난쟁이는 이제 날 죽일 힘이 없거든. 오거가 없으니까. 자연스럽게 범인은 너희가 되는 거야."

드라커는 한참을 웃다가 땅을 가리키며 말했다.

"무릎 꿇고 살려달라고 하면 못 살려줄 이유도 없을 거 같은데."

"그것참."

혼은 희미하게 미소를 지었다.

드라커의 말이 맞다. 오거들을 전부 뚫고 도망칠 가능성은 대충 계산해도 50%를 넘지 않았다. 살아남는 것이 목적이라면 드라커에게 비는 것이 가장 좋은 방법일지도 모르겠다.

"친절하네."

"그럼, 난 인재를 좋아해. 너처럼 좋은 인재를 말이야. 게다가 인도자를 밑에 둘 수 있다니. 환상적인 일 아닌가?"

"참 친절해."

드라커는 혼을 물끄러미 쳐다봤다. 복종하려는 사람의 느낌은 아니었다.

그 순간, 예고도 없이 혼이 돌진했다. 창으로 변한 일루미나가 드라커의 심장을 꿰뚫었다. 신속을 최대 속도로 발휘한 혼의 공격을 전투적 각성 능력이 전무 한 드라커가 피하는 것은 불가능했다.

게다가 예상치도 못했던 공격.

드라커는 창을 부여잡고 혼을 쳐다봤다. 혼은 무표정하게 창을 뽑으며 말했다.

"난 좀 못돼서 살려줄 생각이 없었거든."

혼은 일루미나를 공중으로 던졌다. 그러자 리첼리아가 인간의 모습으로 돌아와 옆에 착지했다.

"운치 있네요~. 로맨틱해. 붉은 비. 그리고 최후. 너무 좋은 최후 아닌가요?"

혼은 다시 리젤이 있는 창고로 향했다. 리젤은 창고에서 나와 커다란 창밖을 멍하니 보고 있었다. 그는 혼이 바로 옆까지 다가왔음에도 알아차리지 못할 만큼 밖에 정신이 팔린 상태였었다.

"난리 났네."

혼도 밖을 슬쩍 보았다.

오거들이 서로 몽둥이찜질을 하고 있었다. 아니, 몽둥이라고 해야 할까? 에쉬크처럼 넓은 도를 가진 오거도 있었고, 창을 들고 있는 오거도 있었다.

마치 지옥과도 같았다. 붉은 비가 아직 그칠 줄 모르고 떨어지고 있었다. 그것과 깔맞춤을 하듯 지상에도 붉은 피가 흐르고 있다.

오거들에게 짓밟힌 난쟁이들, 그리고 서로서로 머리를 깨주는 미친 오거들.

쾅!

리젤의 주먹이 창을 때렸다. 리젤은 눈에 실핏줄이 올라올 정도로 두 눈을 부릅뜨고 있었다.

"어째서!"

리젤은 고성을 질렀다.

리젤이 바랐던 세계는 단순했다. 최대한 안전하고 모든 난쟁이가 행복한 세상. 그것을 바라며 망각의 물약을 만들었다.

자신이 겪은 비극을 겪는 난쟁이가 다시는 생기지 않게끔 절친했던 에쉬크의 자유마저 빼앗으며, 가장 믿음직스러운 동료인 코렐까지 희생해가며 이룩한 세상이었다.

그러나 리젤이 만든 세상은 온통 붉은색으로 물들어만 가고 있었다.

혼은 그런 리젤을 잠시 아무 말 없이 바라보았다.

"뭐가 문제였던 것이냐! 도대체 무엇이! 난 그저 사고가 없는 세상을 바랐던 것뿐인데……"

"어이."

리젤이 자괴감에 빠져 있을 때 혼이 비장하게 말했다.

"여기 뭐 숨겨진 출구 같은 건 없냐?"

❖

페이즈 2의 의미는 의회로 집결이었다.

리첼리아에게 혼의 말을 전해 들은 다테와 천화는 의회 앞에 숨어 있었다. 페이즈 2는 의회 앞에서 대기하다가 신호를 받으면 주의를 끌라는 것이었다. 즉 일이 혼 혼자서 풀기 힘들게 꼬였다는 것을 뜻했다.

"왜 이렇게 못 나와? 잡힌 거 아니야?"

"그럼 리첼리아씨라도 나왔겠죠. 조금만 더 기다려 보죠."

천화는 커피를 마신 뒤 졸린 눈을 비볐다.

모포를 뒤집어쓰고 거리에서 밤을 새운 것이다. 오거들이 밖으로 나와 진을 친 것으로 보아 안에서 뭐가 잘못되었어도 한참 잘못된 것이었다.

"신호를 주긴 주는 거야?"

"글쎄요. 혼씨를 믿어야죠."

다테는 한숨을 쉬며 팔짱을 꼈다.

펑!

우레와 같은 소리와 함께 무언가가 구름 속으로 들어갔다.

그때였다. 붉은 물방울이 다테의 손등에 떨어졌다. 마치 피가 뭉친 것처럼 붉은 구름이 공중에 떠 있었다.

다테와 천화는 의아하게 구름을 쳐다보다가 의회 앞에서 들린 괴성에 시선을 돌렸다.

"우어어어!"

갑자기 오거 하나가 옆에 있는 오거를 몽둥이로 후려친 것이었다. 뒤이어 수많은 오거들이 무기를 뽑아들고 서로 싸우기 시작했다. 그들의 어깨에 올라가 있던 난쟁이들은 어떻게든 오거를 말리려 했으나 대부분 바닥에 떨어져 밟혀 죽을 뿐이었다.

다테와 천화는 별다른 행동을 취할 수 없었다. 그저 구석에서 오거들의 광란을 바라볼 뿐.

"혼씨를 구해야죠."

천화가 급하게 다테의 상의를 잡으며 말했다. 그와 동시에 미친 듯이 뛰어다니던 오거와 다테의 눈이 마주쳤다.

"우리 걱정을 먼저 해야 할 거 같은데?"

다테는 오거의 다리를 향해 빙(氷) 기운을 담은 주먹을 날렸다. 다리가 얼어붙은 오거는 중심을 잃고 쓰러졌다.

"일단 숨자."

만약 혼이 말하고 싶은 것이 있다면 리첼리아가 알아서 잘 전달해 올 것이다. 이대로 의회 근처에 있다가는 고래 싸움에 새우 등 터진다. 혼이 메시지를 보내고 싶어도 그 메시지를 받을 사람이 없으면 더 큰 일 나는 것이 아니겠는가.

"그래도 혼씨가!"

"여기에요! 여기!"

소녀의 목소리가 들렸다. 소리가 난 곳에는 야롱이 손을 흔들고 있었다.

"빨리, 여기로!"

다테와 천화는 일단 야롱의 말을 따랐다.

"절 따라오세요."

야롱은 앞장서서 골목길로 들어갔다. 마치 미로처럼 꾸불꾸불한 그 길에 들어가자 오거가 없는 평온한 곳이 나왔다.

"여기는 연금술사 협회의 비밀 상가에요. 아마 오거는 없을 거예요."

"우어어어어!"

그때 모히칸을 한 오거가 다테와 천화에게 달려들었다. 다테는 화들짝 놀라며 주먹을 치켜세웠다.

"멈춰라! 콘!"

콘이라 불린 오거는 말이 들리기가 무섭게 멈춰 섰다.

오거를 멈춘 것은 코렐이었다. 그의 옆에는 장발의 오거가 머리를 긁적이며 서 있었다.

"뭐야? 오거 없다며?"

"콘이랑 켄은 괜찮다요. 망각의 물약을 먹은 적이 없으니까요."

"야롱아 밖은 어떠냐?"

코렐은 심각하게 물었다. 야롱은 고개를 푹 숙였다.

"할아버지 말대로입니다요."

"그러냐? 저 붉은 구름이 원인이겠지?"

코렐은 구름을 쳐다봤다. 숨겨진 곳이라고 하더라도 이 땅에 존재하는 곳. 비를 피할 수는 없었다.

콘과 켄도 코렐이 강하게 말하지 않으면 듣지 않을 만큼 흥분했었다. 저 구름을 만들고 있는 것이 어떤 종류의 분노의 물약이라는 것을 코렐은 알 수 있었다.

그렇다면 왜 분노의 물약에 망각의 물약을 먹은 오거들이 이성을 잃은 것일까. 그것은 코렐에게도 궁금증으로 남아있었다.

오거들이 폭주하는 이유는 나중에 알아내도 상관이 없다. 코렐은 현 상황을 어떻게 파해해 나갈지만을 생각했다.

"야롱아. 연구실로 가라. 가서 만들어놓은 물약을 가지고 와. 콘과 같이 가라."

모히칸의 오거가 고개를 끄덕였다.

"잠깐만요. 물약이라뇨?"

천화가 야롱이 떠나는 것을 막으며 물었다. 지금 밖으로 나가는 건 자살행위나 다름없었다. 콘이라는 오거가 지켜준다 하더라도 밖의 수많은 오거들에게서 안전할 수는 없다.

"지금 나가는 건 자살이에요."

"그 물약을 가지고 오지 않으면 모베라에 있는 모든 난쟁이가 죽을 거야."

"그럼 제가 같이 가죠."

천화는 가슴팍에 숨어 있는 하양이를 꺼내 바닥에 놓았다. 하양이는 걱정스럽게 천화를 올려보았다. 혼과 계약을 하며 다시 유년기로 돌아간 하양이로서는 할 수 있는 일이 많지 않았다.

"다테씨가 하양이를 좀 봐주세요."

"나도 갈 거야. 왜 이래?"

다테는 코렐에게로 고개를 돌렸다.

"영감이 좀 봐. 난 갈 테니까. 그보다 물약만 가져오면 상황 해결이라는 거지?"

"그렇다."

코렐이 확신을 주듯 힘차게 고개를 끄덕였다. 다테는 만족을 한 뒤 야롱의 작은 등을 팡 소리 나게 쳤다.

"자, 그럼 가자고."

"알겠습니다요."

야롱은 콘의 어깨 위에 올라탄 뒤 앞장서서 집으로 향했다.

오거들은 거의 다 의호의 앞에 모여 있었다. 덕분에 야롱의 집까지 가는 것은 그리 어렵지 않았다.

야롱은 지하 창고를 열어 초록색의 물약을 가리켰다.

"지금까지 만들어놓은 건 2통뿐이에요."

"크다."

천화는 자기 키만 한 통을 올려보았다. 천화가 감탄하는 사이 다테는 창고를 불러와 물약을 챙겼다.

이 물약은 코렐이 혹시나 모를 망각의 물약의 반대격에 있는 물약이었다. 긍정적인 감정을 극대화 시켜버려 망각의 물약의 효과를 파괴하려는 것이었다. 한번 망각의 물약을 뚫고 나온 감정은 다시 안으로 들어가지 않으니.

천화와 다테는 물약을 가지고 코렐에게 돌아갔다.

"잘 가져왔네. 이게 맞아."

"자 그럼 그 물약을 어떻게 하면 되는 거지?"

"의회 중앙으로 가져가야지. 거기에 분사기가 있으니까."

외회 중앙의 정원.

그곳에 있는 물약 분사기를 사용하는 수밖에 없다. 이미 거의 모든 오거들이 미쳐 날뛰고 있었기 때문에 하나, 하나 물약을 주입할 수가 없기 때문이다. 다행인 점은 혹시나 모를 상황을 대비해 코렐의 물약 또한 피부로 흡수되게끔 만들어졌다는 것이다.

코렐은 장발 머리 오거, 켄의 어깨에 올라탔다.

"켄이 하나, 콘이 하나씩 들고 의회로 들어간다. 일직선으로 돌파하면 가능할 수도 있어. 아니, 무조건 성공해야 한다. 야롱아."

"알겠습니다요. 할아버지."

야롱 또한 콘의 어깨 위로 올라갔다.

"잠깐! 잠깐, 잠깐, 잠깐."

다테가 두 사람을 말렸다. 의회로 들어간다니. 그게 지금 말이나 되는 소리일까?

지금까지 전투에서 져본 적이 없는 혼조차 의회에서 나올 기미를 보이지 않는다. 그만큼 오거들의 전투로 난리가 난 의회는 지상의 섬이라는 것이었다. 당장 의회 앞에서 투닥거리는 오거들의 숫자만 대략 800 정도. 꽤 많이 죽었지만 아직도 공중에서 보면 땅보다 오거들이 더 많이 보일 정도였다.

"그 물약을 들고서 들어가겠다는 거야? 말이 안 되지. 들어가기 전에 무조건 깨진다는 것에 내 손모가지를 건다."

다테는 오거들을 향해 손가락을 까닥였다.

"물약 내려놔. 내가 가지고 간다."

다테와 천화는 창고를 사용할 수 있었다. 오거들이 들고 뛰는 것보다는 창고에 넣어 가는 것이 훨씬 안전한 방법이었다.

"왜지?"

코렐이 살짝 인상을 찌푸렸다.

"워커의 일이 아니야. 게다가 죽을 수도 있는데."

"혼."

다테가 의회를 가리켰다.

"우리 대장이 지금 저 안에 들어가 있거든. 구해야지."

다테는 선인이 아니었다. 천화와 코렐과 야롱을 돕고 싶다고 생각할지 모르겠지만 아마 혼이 이 자리에 있었다면 행운을 빈다는 말과 함께 얼른 자리를 떴을 것이다. 하지만 지금 혼은 의회 안에 있다.

어떻게든 혼을 데리고 나와야 했다.

"나는 어차피 의회 안으로 들어갈 거야. 물약은 내가 옮겨주지."

다테는 창고 안에 물약을 넣었다. 어쨌든 오거들이 진정해야 혼을 데리고 의회에서 나올 수 있다.

혼에게는 신속이 있어서 혼자 알아서 나올 가능성도 있었다. 그러나 신속은 이렇게 공간이 없는 전장에서는 무용지물이었다. 가속하기도 전에 누군가와 부딪히면 그저 조금 더 빠른 워커나 다름이 없다.

도망치는 것이 불가능하다면 싸워야 했다. 오거들은 주위의 모든 살아있는 것들, 아니, 모든 것들을 적으로 인식하고 있었기 때문에 사실상 오거 전부와 싸워야 한다고 해도 과언이 아니었다.

혼도 그 사실을 알기 때문에 오거의 숫자가 줄어들 때까지 의회 안에서 시간을 보내고 있는 것이었다.

그리고 그 시간이 없는 건 다테나 혼이나 아주 잘 알고 있었다.

'일이 시작되었다는 것은 곧 레드 핸드의 사람들이 들어온다는 것이다.'

드라커가 다짜고짜 일을 시작했을 리는 없다. 미리 연통을 넣고 일을 진행하면 진행했지 아무 생각 없이 벌이지는 않았을 테니까.

실제로 드라커가 보낸 난쟁이의 편지는 레드 핸드에게 제대로 전달되었다. 이미 레드 핸드의 지원군은 빠르게 모베라로 오는 중이었다.

"고맙네."

코렐은 짧게 말한 뒤 콘과 켄에게 외쳤다.

"길은 우리가 연다! 가자! 콘, 켄."

"우오오오!"

콘이 실실 웃으며 양팔을 위로 올렸다. 장발의 켄은 묵묵히 콘의 뒤를 따를 뿐이었다.

전쟁터로 변해버린 의회 앞 정원은 여전히 붉게 물들어 있었다. 아직도 비는 추적추적 내리고 있었고, 덕분에 발이 끈적하게 땅에서 떨어질 생각을 하지 않았다.

"가자, 켄."

켄은 허리춤에서 강철 몽둥이를 꺼냈다.

"켄! 간다!"

켄은 괴성을 지르며 코렐과 함께 오거들의 전쟁터로 들어갔다. 피로 샤워를 한 오거가 켄에게 고개를 돌렸고, 켄의 몽둥이는 그런 오거의 얼굴을 뭉개주었다.

"콘. 우리도 가자."

야롱이 조심스럽게 콘의 얼굴을 쓰다듬었다. 고릴라처럼 가슴을 힘껏 두드린 콘은 양손에 강철 몽둥이를 들고 켄의 뒤를 따랐다.

오거의 힘.

가까이서 보자 그것을 상상 이상이었다. 그들이 각자의 무기를 휘두를 때마다 충격파가 주변을 울렸다. 둔해 보이는 인상과는 다르게 오거들의 움직임은 워커들만큼 재빨랐다.

몽둥이가 땅을 때리자 땅이 분쇄되어 크레이터를 만들었고, 벽을 때리는 작은 집이 흔적도 없이 날아갔다.

그 몽둥이를 몸으로 맞으며 싸우는 오거들의 맷집이 어느 정도인지를 알것만 같았다.

난쟁이들이 조종하는 최종병기.

콘과 켄이 상처를 입을 때마다 야롱과 코렐은 주사기를 그들의 목에 꽂았다. 그럴 때마다 콘과 켄의 상처가 감쪽같이 사라졌다.

그럼에도 의회는 멀었다. 다테와 천화가 뒤에서 보조하고 있었지만 의회까지 가는 길을 막고 있는 오거들을 전부 처리하는 것은 불가능에 가까워 보였다.

이윽고 콘과 켄의 움직임이 멈췄다. 준비해 온 회복의 물약도 다 떨어진 상태. 팔이 부러지고 머리가 터진 콘과 켄은 야롱과 코렐을 지키기 위해 몸으로 버티고 있었다.

"다테씨."

천화가 뒤에서 다테를 불렀다.

천화는 손에 수호설을 쥐고 있었다. 현재 콘과 켄이 버틸 수 있는 것도 천화가 대부분의 공격을 막아주기 때문이었다.

"코렐씨와 야롱이를 부탁해요. 한 30초만."

"뭘 하려고?"

"평화롭게 하려고요."

천화는 미소를 지어 보이고는 곧바로 눈을 감았다.

"부탁합니다."

다테는 고개를 끄덕였다. 아직 천화의 의도를 파악하지는 못했으나 그녀는 항상 기대를 저버리지 않았다.

수호설이 사라지면 콘과 켄은 10초도 안 되어 목숨을 잃을 것이 분명했다. 적의 무기 중에는 둔기만 있는 것이 아니라 칼이나 창 같은 몸으로 막을 수 없는 것들도 다수 포함되어 있기 때문이다.

다테는 그런 살상무기를 든 오거들을 집중적으로 막았다.

오거들의 주먹이 다테를 후려쳤지만 다테는 벌떡벌떡 일어나 다시 콘과 켄의 앞을 막아섰다. 뼈가 아스러지고 다리가 후들거렸지만 시간을 끌어야 한다는 생각뿐이었다.

천화는 가만히 눈을 감고 서서 정신을 집중하고 있었다. 전쟁터 한가운데에서 눈을 감고 있는 것은 자살행위나 다름없었지만, 그녀는 움직이지 않았다.

다테는 계속해서 천화를 살폈다. 그가 콘과 켄을 보호하고 있다는 것은 천화는 무방비 상태라는 말과도 같기 때문이다.

영겁과도 같던 30초가 지나가고 천화의 두 눈이 떠졌다.

"평화협정."

천화의 말과 함께 공중에 커다란 두루마리가 펼쳐졌다. 그와 동시에 은은한 조명이 의회 주변을 전부 밝혔다.

그 순간, 거짓말처럼 모든 오거들이 멈췄다.

평화협정은 싸우고 싶다라는 생각 자체를 없애버리는 능력이었다. 아무리 미쳐있다고 하더라도 남에게 공격한 다는 개념이 존재하지 않는 세상에서 전투란 있을 수 없었다.

"빨리! 10초도 못 버텨요!"

천화가 비명을 지르듯 외쳤다.

천화의 노림수는 이것이었다. 평화협정의 크기는 정해 진 것이 없다. 크면 클수록 더 유지가 어려울 뿐 능력만 된다면 전 세계에 평화를 가지고 올 수도 있는 능력이었 다.

다테는 그 말을 듣자마자 급하게 다리를 움직였다.

마지막 기회. 지금을 놓치면 끝장이었다. 미리 상의 된 작전이 아니었지만 그럼에도 다테의 움직임에는 일순의 망설임도 없었다.

그러나 의회까지의 거리는 멀고도 멀었다. 아무리 오 거들이 싸움을 멈췄다고 하더라도 육중한 몸으로 길을 가 로막고 있었기 때문에 최고속도를 내는 것은 불가능했 다.

"우어어어어어!"

다리 근육이 한가운데로 뭉치는 것만 같은 느낌이 들었 다. 억지로 방향을 틀던 발목이 뒤틀리는 소리가 신경을 타고 올라왔다.

'멀다.'

의식이 0.1초를, 0.01초를 인식하기 시작했다. 모든 것이 느려진 순간 다테의 뇌는 의회까지 무사히 도착할 수 있는 확률을 계산하고 있었다.

오거에 얻어맞아 체력적으로 약해진 상태. 현재의 속도. 지금 시야에 보이는 길의 거리.

어떻게 계산을 해도 10초 안에 의회 안으로 들어가는 것은 불가능했다.

다테는 무리하게 속도를 올렸다. 그러나 그것은 악수. 다테는 금세 중심을 잃고 미끄러졌다.

길바닥에 쓰러진 시체도 걸리적거렸다. 게다가 비가 와 평소보다 미끄러운 거리.

'제길!'

다테는 가까워지는 땅을 보며 망연자실했다.

"다테!"

커다란 언월도를 휘두르는 남자가 시야에 들어왔다. 지금 이 순간 가장 보고 싶은 인물.

혼이었다.

다테는 땅에 부딪힘과 동시에 창고에서 물약 통을 차례대로 꺼내 던졌다.

"진정제다! 받아라! 혼!"

혼은 다테가 아무렇게나 던진 물약을 받아 바로 창고에 넣었다. 그와 동시에 평화협정이 깨지면서 다시 오거들이 울부짖기 시작했다. 혼은 어깨를 으쓱하며 다테에게 어쩌라는 거냐고 물었다.

"정원 가운데에 분사기가 있을 거다! 거기다가 넣어서 분사해!"

다테의 목소리는 오거들의 외침에 섞여 혼에게 전달되지 않았다. 그러나 입 모양으로 알아들은 혼은 정원 가운데에 있던 대포를 생각해냈다.

"평화협정이 오래 가지는 않네."

혼은 인상을 썼다. 오거들 사이에 고립되어 버린 것이다.

저 멀리서 숨을 헐떡이는 천화가 보였다. 다시 평화협정을 하는 것은 불가능하다.

"이거, 이거. 뚫어야겠네."

-그러게 말입니다. 학살을 시작하자구요!-

리첼리아의 외침과 함께 혼이 앞으로 달려나갔다.

한계치까지 끌어올린 신속과 전투악귀는 세상을 느리게 만들었다.

혼의 세상에서 오거들은 슬로우 모션으로 움직이고 있었다. 혼은 하나, 하나 앞을 가로막는 오거들을 베어나갔다.

그렇게 1초.

"하아, 하아. 힘드네."

의회 정문 앞에서 숨을 고르며 뒤를 쳐다봤다. 동시에 피를 뿜으며 수 십 명의 오거들이 쓰러졌다.

고작 1초.

다테나 천화의 눈에는 혼이 그저 사라진 것처럼만 보였다.

한계치까지 신속을 끌어올리고 컨트롤 한 혼의 몸 상태는 말이 아니었다. 그러나 그만큼 압도적인 힘.

혼은 어깨를 풀며 의회 안으로 들어갔다.

"그럼 처리해볼까?"

혼은 일단 리젤에게 향했다. 분사기를 사용하기 위해서는 그것의 사용법을 아는 자가 필요했다. 리젤은 아직도 정신이 나가 창밖을 무기력하게 쳐다보고 있을 뿐이었다.

혼은 그런 리젤의 어깨를 낚아챘다.

"난쟁이. 분사기라는 걸 이용할 수 있을까?"

리젤의 눈에는 초점이 없었다. 혼은 리젤의 뺨을 무표정하게 후려치고 낮게 읊조렸다.

"정신 차려. 다 죽일 거야?"

리젤은 그제야 말을 들을 수 있을 정도로 정신을 차렸다.

"무, 무슨 방법이 있나?"

"몰라. 분사기를 좀 써야겠는데. 코렐이라는 양반이 만든 물약 같은데 말이야."

이렇게 다량의 물약을 다테가 어디서 사 왔을 리도 없었으니 이것은 분명 코렐의 작품이었다.

리젤은 코렐이라는 말에 반응했다. 코렐이 만든 물약을 혼이 가지고 있는 것이었다. 코렐은 라이벌로서도 인정할 수밖에 없는 천재였다. 그런 그가 만든 물약, 그것도 지금 이 상황을 해결할 수 있다면 가져온 물약이라면 믿을만했다.

"그 물약은 어딨나? 코렐이 만들었다는 거!"

"창고에 있다. 그래서 물약 분사기는 쓸 수 있나?"

리젤은 고개를 끄덕이고는 앞으로 아장아장 달려나갔다.

"빨리 따라오게."

"이봐."

혼은 리젤의 뒷덜미를 잡았다.

"이게 더 빨라."

혼은 그대로 리젤을 데리고 대문이 열린 방 안으로 달려들어 갔다. 그리고 드라커를 잡을 때와 마찬가지로 창문을 깨고 정원으로 뛰었다.

대포 앞에 도착한 혼은 리젤을 휙 던지고 물약을 전부 꺼냈다.

리젤은 초록색의 물약을 학자의 눈으로 쳐다봤다.

"초록색을 띠려면 헤토르엑신을 사용해야 하는데 그러면 치료 효과도 있다는 것인가?"

"어이, 뭐해?"

혼의 말에 리젤은 고개를 절레 흔들었다. 지금이라도 이 물약을 연구소로 가지고 가 어떤 성분으로 이루어져 있는지 찾아보고 싶으나 지금은 그럴 시간이 없었다.

"그래. 일단 이걸 전부 저 안에 깨 넣어야 해."

리젤은 구멍을 가리키며 말했다.

"아, 그리고 그 전에."

리젤은 구멍 옆의 있는 줄을 힘껏 잡아당겼다. 일단 탄환을 구멍 안에 장전해야 하기 때문.

혼은 리젤의 큐 사인이 떨어지자마자 물약을 전부 깨 구멍 안에 넣었다. 리젤은 물약이 전부 들어감과 동시에 탄환을 막고 있는 칼을 뽑았다.

그러자 탄환은 데굴데굴 굴러 대포 안에 들어갔다. 리젤은 바로 폭발의 물약을 꺼냈다.

긴급 시에 대포를 이용하기 위해서는 폭발의 물약이 필수였다. 그렇기에 의회에서 대포 사용 권한이 있는 모든 난쟁이가 항상 가지고 있는 물건이기도 했다.

대포의 끄트머리에 폭발의 물약을 넣은 뒤 심지를 물약에 담근 리젤은 혼을 쳐다봤다.

"불, 불이 필요해. 그리고 붙이기 전에 구름에다 조준하는 거 잊지 말고."

혼은 각도를 맞춘 뒤 밥을 짓기 위해 사두었던 라이터를 꺼내 심지에 불을 붙였다. 이윽고 펑소리와 함께 탄환이 구름 안으로 들어갔다.

구름은 점점 초록색으로 커지더니 이윽고 소나기를 퍼붓기 시작했다.

"이걸로 된 건가?"

혼이 비를 맞으며 리젤을 쳐다봤다. 그러나 리젤은 벌써 의회의 밖을 확인하기 위해 달려가고 있었다. 혼은 리젤의 뒤를 따라가기 전에 드라커의 시체를 힐끗 보았다.

"미안하게 됐수다."

만약 코렐의 물약이 오거들을 정상으로 돌린다면 드라커의 작전은 실패로 돌아가는 것이다. 몇 개월간 준비한 작전이 메이즈 헌터라는 변수에 의해 박살 나는 것이다.

혼은 그렇게 리젤의 뒤를 따라갔다.

❖

"비다!"

천화의 수호설을 받아 겨우겨우 버티는 것이 한계인 코렐과 다테, 그리고 오거들에게 비는 마치 생명수와 같았다.

날뛰듯이 기뻐하는 야롱과 오거들과는 달리 코렐은 굳은 표정으로 하늘만 바라보았다.

과연 이 물약이 효과가 있을 것인가? 임상시험도 해보지 못하고 오직 이론에 의지해 만든 이 물약이 효과가 있을 것인가?

그런 불안함도 잠시 미쳐 날뛰던 오거들의 행동이 점점 느려지기 시작했다.

평온.

긍정적인 감정만을 극대화 시키는 코렐의 물약은 오거들의 분노를 빠르게 잠재웠다.

그러나 긍정적인 감정이 피어오를 수는 없었다.

약이 모자라서가 아니었다. 어제까지만 해도 같이 동고동락하던 난쟁이들은 다 죽었으며 친하게 지내던 친구들마저 자신의 손으로 때려죽인 오거들에게 나타난 감정은 슬픔뿐이었다.

정신을 차린 오거들의 반응은 하나같았다.

현실부정.

일을 벌인 자신과 누군가에 대한 분노.

다친 자들이라도 살려보겠다는 타협.

그리고 모든 것을 포기하는 좌절.

퀴블러의 5단계 심리 반응과 비슷한 그 모습에 코렐은 기뻐할 수 없었다. 긍정적인 감정을 극대화 시키지 않았다면 많은 수의 오거들이 미쳐버렸을 것이라 확신할 수 있었다.

"끝났나?"

다테가 혈석을 씹어 먹으며 천화의 옆에 드러누웠다. 혈석으로는 정신력을 회복시킬 수 없는 천화는 그저 머리를 부여잡고 아무런 말을 하지 못할 뿐이었다.

"이야~ 신기하네. 고작 물약으로 모든 오거들을 미치게도, 이렇게 진정시킬 수도 있다는 것이 말이야."

저 멀리서 혼이 울부짖는 오거들을 돌아보며 걸어오고 있었다.

"어떻게 된 일인지 아는가?"

코렐이 혼에게 물었다. 혼은 어깨를 으쓱했다.

"글쎄, 화학에 대해서는 아무것도 몰라서 말이야. 생물학은 조금 알지만."

소나기를 퍼붓던 구름이 물러가고 햇빛이 무대를 비추듯 나타났다. 좌절에 빠져있던 오거들은 이내 상황을 인정하고 최대한 생존자들을 구해보고 찾아보고 있었다.

살아남은 난쟁이들의 수는 꽤 되었다. 몸이 워낙 작았기 때문에 그 난리 통 안에서도 어딘가에 숨어 목숨을 연명할 수 있었던 것이다.

하지만 그들은 오거에 대한 공포로 얼어붙어 있었다. 살아남은 난쟁이들은 모두 모여 오거들에게서 멀찌감치 떨어졌다.

코렐은 그런 상황이 되자 입을 열었다.

"난 코렐이다! 오거들은 레드 핸드의 계략으로 미쳐버렸던 것뿐이다. 모두 두려워 말라."

과거 의회의 수장이었던 코렐을 모르는 난쟁이는 없었다. 천재 연금술사로 이름을 날리던 그였으니까.

그럼에도 난쟁이들은 움직일 생각을 하지 않았다. 오거들이 미쳐 날뛰는 것을 멀리서 본 사람과 그것을 경험한 사람에게는 큰 차이가 있었다.

광기와 맞서 싸운 사람과, 광기에 일방적으로 당한 사람의 기억에도 차이가 있을 수밖에 없다.

야롱과 코렐에게 오거들은 자신들이 도와야 하는 대상이었지만 다른 난쟁이들에게는 미쳐버린 맹수 그 이상도 이하도 아니었다.

오거들의 감정이 돌아왔다고 해서 끝난 일이 아니었다.

모베라가 다른 워커들의 간섭을 거의 받지 않는 이유.

그것은 난쟁이의 물약과 오거의 무력 덕분이었다. 둘 중 하나라도 사라져버린다면 모베라는 각성으로 무장한 워커들을 상대할 수 없다.

그것뿐만이 아니라 오거가 없다면 사회가 돌아가지 않았다.

난쟁이들은 연금술 외에는 스스로 할 수 있는 일이 적었다. 오랫동안 힘쓰는 일은 전부 오거에게 맡겨 놓았기 때문이다.

코렐은 이 일로 난쟁이와 오거들의 결속이 완전히 깨지지 않을까 걱정했다. 아니, 결속은 완전히 깨졌다고 봐도 과언이 아니었다.

"코렐의 말이 맞다."

그때, 의회에서 한 난쟁이가 걸어 나왔다. 리젤은 눈을 부릅뜨고 난쟁이들에게 말했다.

"레드 핸드가 오거들을 미치게 하였다! 우리의 적은 그들이다! 언제까지 멍하니 서 있을 건가? 각자의 오거들을 챙겨라. 자신의 오거가 죽었다면 주인을 잃은 오거들을 거두어라. 어서 움직여!"

리젤의 말에는 힘이 들어가 있었다. 난쟁이들 중 두, 세 명이 리젤의 말에 홀린 듯 몇 걸음 앞으로 나아갔다.

물론 그 이후 멈추기는 했으나 그것은 난쟁이들의 심리를 흔들기에 충분한 움직임이었다. 난쟁이들은 살아남은 자신의 오거를 향해 천천히 움직였다.

오거들은 난쟁이들이 겁먹지 않게끔 최소한으로 움직이며 그들을 맞이했다.

자신의 오거가 무참히 죽었다는 것을 깨달은 난쟁이들은 이내 좌절했다. 하지만 그것은 주인을 잃은 오거들도 마찬가지였다.

"우와, 감동적이네요~?"

리첼리아가 비꼬듯 말했다. 혼은 무표정하게 서 있다가
말했다.

"들어와라. 떠날 거니까."

"네이~ 그러겠습니다."

리첼리아는 혼의 속으로 들어갔다. 혼은 옆에서 눈물을
훔치고 있는 천화의 어깨를 툭쳤다.

"뭐해? 우린 출발한다."

"네, 알겠어요."

천화가 휘청거리며 일어났다. 그 모습을 본 야롱이 조
용하게 코렐의 옷깃을 잡아끌었다.

"벌써 가는가?"

코렐이 황급하게 말했다.

"더 있어 봤자 우리는 좋을 게 없어요. 그리고 너희도
전쟁 준비해야 할 거야. 지금 레드 핸드가 오고 있을 게
분명하거든. 그럼 수고하라고."

"잠깐."

코렐은 세 사람을 불러세웠다. 그리고는 90도로 허를
접어 인사를 했다.

"고맙네."

"말로만 하지 말고 뭐 줄 건 없나?"

혼은 진심이었다. 난리를 겪은 이 도시에 별로 얻을 수 있는 것은 없어 보였지만 말이다.

코렐은 난감하게 웃어 보이더니 주머니에서 여러 가지 물약을 꺼냈다.

"뭐 당장은 이런 것밖에 없다네."

물약은 전부 보라색이었다.

"여차하면 투명 물약을 쓰고 들어가려고 했지. 생각보다 훨씬 심한 상황이라 불가능했지만."

"그거 좋네."

혼은 투명 물약을 챙긴 뒤 웃어 보였다.

"이걸로 봐주지. 아 맞아. 그리고 우리에 관해서 레드 핸드에게 말하거나 그러지는 말아줬으면 좋겠는데."

"당연하지. 은인을 파는 일은 없을 걸세."

"그럼 됐다."

혼은 코렐의 표정에서 진심을 읽을 수 있었다. 혼은 받은 물약 4개를 창고에 넣고 걸음을 재촉했다.

리젤이 코렐에게 다가가는 모습이 보였다. 두 사람 사이에서는 많은 대화가 오갈 것이다.

리젤은 책임을 지고 목숨을 끊을 수도, 혹은 은거할 수도, 아니면 이 참극에서 도시를 회복시키기 위해 최선을 다할 수도 있다.

혼은 신경도 쓰지 않고 앞으로 걸어나갈 뿐이었다.

그런 그의 뒤를 야롱은 끝까지 보고 있었다. 워커들은 대부분 이기적이었다. 이기적으로 자신의 탐욕을 갈구하는 자들뿐이었다. 설사 그들이 모베라를 도와주더라도 그것은 자신들의 이득을 위한 것이었다.

혼또한 마찬가지였다.

그러나 한 가지 다른 점이라면 혼은 남을 해치면서 이득을 탐하지 않았다. 딱 필요한 만큼의 살생을 하는 야생 동물과도 같았다.

야롱은 크게 외쳤다.

"꼭 다시 놀러 오는 겁니다요!"

혼은 고개를 돌려 야롱과 눈을 마주쳤다.

"놀러 올 만한 장소가 되면 놀러 오도록 하지."

야롱은 약속을 받은 뒤 고개를 끄덕였다.

네이즈
헌터

2

Maze Hunter

2

모베라를 떠나 혼은 다른 도시로 향하고 있었다.

레드 핸드의 시야에서 벗어나기 위해 몇 날 며칠을 밤낮으로 걷던 세 사람은 잔디가 푸르게 자란 동산 위에서 잠시 휴식을 취했다.

"많이 유해지셨네요."

"내가?"

천화가 미소와 함께 혼을 바라보고 있었다. 혼은 자기 자신을 가리킨 뒤 고개를 절래 흔들었다.

"기분 탓이다."

"아니죠. 원래라면 코렐씨랑 야롱이 죽였을 거잖아요."

천화는 턱을 괴었다.

"그런 생각을 하다니. 너는 많이 잔인해졌구나."

혼이 농담조로 말했다.

혼이 대수롭지 않게 넘겼으나 어떻게 보면 천화의 말이 맞을수도 있다고 생각했다.

혼과 천화, 그리고 다테에 대해서 확실하게 아는 난쟁이는 리젤과 야룽, 그리고 코렐 뿐이었다. 만약에 레드 핸드와 그들이 거래한다면 그들의 카드란 바로 드라커를 죽인 혼에 대한 정보일 것이다.

그러나 혼은 리젤도, 야룽도, 코렐도 죽이지 않고 단순히 말을 하지 말라는 부탁과 함께 떠나왔다.

타인에 대한 믿음.

아무리 상대가 말하지 않겠다 약속을 하더라도, 그리고 그것이 진실된 약속이라는 확신이 있더라도 혼은 사람을 믿지 않았다.

자신이 죽을 것을 알면서도 남에 대한 의리를 지키는 자는 많지 않다.

고문에는 장사가 없듯이 가족, 애인, 친구 사이마저 극한의 상황에서는 아무것도 아니게 된다.

만약 모베라가 레드 핸드와의 전쟁에서 져서 코렐과 야룽이 고문을 당하게 된다면 그들이 혼에 대해 말하지 않을 것이라 확신할 수 있겠는가?

그렇기에 혼은 항상 최악의 상황을 생각하며 움직였다.

그런데 이번에는 그러지 않았다.

지금까지 혼과 같이 다녔던 천화만이 알 수 있는 변화였다.

메이즈 헌터는 현재 브로크데일로 가는 중이었다.

드라커의 말을 믿어서?

그렇다. 드라커는 위기의 상황을 모면하기 위해 진실을 말했다. 물론 그가 말한 안전의 기준이 어느 정도인지는 모르겠으나 적어도 다른 두 곳보다는 낫다는 것을 알 수 있었다.

신문은 이번 미궁에서도 유용했다. 아니, 전에 비하면 필수품이 되었다고 해도 과언이 아니었다. 신문에는 상당히 많은 정보가 적혀 있었는데, 대부분의 안전지대가 도시나 다름이 없는 이번 미궁에서는 정보의 정확도가 상당히 높았다.

"점수 좀 확인하자? 아직도 2만 점 안 됐어?"

모베라에서 다 털어버렸기 때문에 세 사람의 점수를 전부 합쳐도 2만 점이 되지는 않았다.

한 명이라도 더 트라이 마스터가 되는 것이 급선무였다. 지금 다른 길드와 만난다면 아무리 혼이 인도자라 할지라도 위험했다.

"그래도 모베라에서 한 1만 점은 모았네."

드라커와 유키카제를 죽이면서 얻은 점수가 상당했다.

그러나 워커는 강함에 비해 주는 점수가 너무 짰다.

"1만 점은 더 모아야 각성이 되겠네."

"누구 각성시키려고 하는 거죠?"

리첼리아가 혼의 가슴에서 얼굴만 내밀고 물었다. 천화가 흠칫 놀라며 뒷걸음질 쳤다.

"하하하, 쟤는 맨날 놀라네."

"적응이 되겠어요?"

천화가 고개를 절래 흔들었다. 사람의 몸에서 사람이 튀어나오는데 안 놀랄 사람이 있을까.

"일단 다테가 각성을 해야겠지. 한 명이라도 전투원이 더 필요해."

"하양이가 빨리 자라면 좋을 텐데."

천화는 옆에서 자는 하양이를 쳐다봤다.

하양이는 이제 막 강아지만 해진 상태였다. 하양인는 뒹굴 거리면서 어리다는 이점을 확실하게 누리는 중이었다.

"브로크데일 소식은 없나?"

"맞아, 맞아. 그거 때문에 멈춘 거였죠. 어제 한 달 어치 신문을 사서 찾아봤거든요."

천화는 창고에서 신문을 꺼내 앞에 늘어놓았다. 신문에는 이스트 라비린스라고 적혀 있었다. 미궁이 워낙 넓었기 때문에 신문 하나로는 모든 소식을 전할 수 없기 때문이다.

"최근 신문에는 모베라에 관한 기사도 있었어요."

"레드 핸드랑 싸움에 대한 결과는?"

"그거까지는 적혀 있지 않았어요. 오거들이 난동을 부렸다는 것 정도만 소개되었죠."

혼은 모베라에 관한 소식이 적힌 신문을 들어 며칠 전 것인지를 확인했다.

신문에는 일렬번호가 있었다. 하루가 지날 때마다 숫자가 1씩 늘어나는 것이었다. 오늘자 신문의 일렬번호와 과거 신문의 일렬번호의 차이가 바로 며칠 전 신문인지를 알려주는 것이었다.

"3일 전 신문. 그러면 신문의 정보가 한 4일에서, 5일 정도 느린 거네."

"그렇게 볼 수 있죠."

"결과는 곧 나오겠구먼."

레드 핸드와 모베라 전투의 결과는 매우 중요했다. 모베라가 승리한다면 걱정은 없다. 그러나 만일 레드 핸드가 승리한다면 혼의 정체가 탄로 날 가능성도 배제할 수 없었다.

혼이 걱정하는 것을 가만히 보던 천화가 알아낸 정보를 말하기 시작했다.

"일단 알아낸 정보는 브로크데일에 관한 기사는 대부분 기계발명에 대한 것이라는 거죠. 이곳도 역시 길드가 소유한 지역은 아니에요. 모베라와는 조금 다른 의미로 강력하죠."

"기계를 만드는 종족이 있는 곳인가?"

"맞아요. 인간처럼 기계를 다루는 종족이에요. 그런데 발명품이라고 적혀있는 물건들이 좀 이상해서……."

"그 물건들이 왜?"

"이거 보세요."

천화가 한 기사를 혼에게 들이밀었다. 그곳에는 발명품의 사진과 함께 몇 가지 설명이 붙어 있었다.

발명품의 이름은 용암추출기.

말 그대로 용암을 만드는 기계였다. 옆에 원리가 설명되어 있었지만 지구에 존재하지 않는 물질들이 워낙 많아 이해하는 것은 불가능했다.

"용암을 왜 만들어?"

"글쎄요. 거기까지는 잘. 어쨌든 이 기계들을 사기 위해 많은 길드가 들르는 곳이 브로크데일이라고 하네요. 브로크데일에서 문제를 일으키면 거래할 수 없고 영구추방이라 싸움도 일어난 적이 없다고."

드라커의 말대로 안전한 곳은 안전한 곳이었다. 다만 워커가 많은 곳이라면 필연적으로 얼굴이 팔릴 수밖에 없다.

게다가 메이즈 헌터는 이 미궁의 신생길드나 다름없었다.

정보공유가 상당히 잘되어 있는 이 미궁에서 메이즈 헌터가 처음으로 소개되는 것이었다. 전투가 불가능하다 하더라도 대형 길드들은 혼에게 스카웃 제의를 할 것이고, 그것을 거절한다는 것은 미래의 적을 만드는 것이었다.

안전하지만 동시에 안전하지 않은 땅. 그것이 브로크데일이다.

"어쩌겠냐? 가야지."

물론 지금이라도 방향을 틀어 다른 안전지대로 갈 수 있었다. 그러나 다른 안전지대는 이미 대형길드가 보호하고 있는 곳이었다.

어디를 가도 문제가 생긴다면 차라리 편하게 쉴 수 있는 브로크데일이 낫다.

"다시 움직이자."

정보를 전부 종합해 본 혼은 벌떡 일어났다. 하양이는 잠에서 깨 다시 천화의 품 안으로 기어들어갔다. 혼은 그런 하양이의 뒷덜미를 잡아 땅으로 휙 던졌다.

"걸어. 인마."

하양이는 어이없다는 듯이 혼을 쳐다보다가 고개를 휙 돌려 앞으로 걸어나갔다.

'저 속 더러운 놈.'

어렸을 때는 몰라도 이제 걸을 수 있을 만큼 컸으니 더는 천화의 품에 들어가게 놔둘 수는 없었다.

-어머머, 질투하시는 건가요?-

"시끄러. 리첼리아."

그렇게 세 사람은 브로크데일로 향했다.

❖

모베라.

레드 핸드의 길드장은 붉게 물든 광장 한가운데 서 있었다.

그의 주변에는 목이나 팔, 다리가 잘려 쓰러진 오거들이 수두룩했다.

"원래 작전대로라면 우리가 구원자가 되었어야 하는 스토리인데 말이야. 어쩌다 이렇게 된건가? 드라커."

레드 핸드의 길드장.

붉은 장갑을 끼고 있는 남자의 이름은 윈드라. 키가 크고 마른 인도네시아인이었다.

윈드라는 드라커의 작전을 허가한 인물이었다.

보호구역을 가지고 있는 길드와 한 도시를 통치하는 길드는 차이가 날 수밖에 없었다. 보호구역은 어디까지나 서로 싸우기 싫다는 생각에서 만들어진 관계다.

누가 위라고 할 것도 없이 서로 원하는 것을 가지자는 관계.

도시민들은 독자적인 기술로 만든 무기나 물건, 그리고 쉴 수 있는 장소를 제공하고 길드는 그들을 다른 워커들로부터 보호해준다.

그러한 관계로는 많은 이득을 취할 수 없었다.

왕국이라는 것은 완벽하게 도시를 장악하는 것을 뜻한다.

왕국을 가지고 있는 길드는 도시의 기술과 종족, 그리고 전투력을 독차지해 대규모 전쟁까지 시작할 수 있는 힘을 가지게 된다.

레드 핸드는 그것을 원했다.

하지만 일이 틀어졌다.

드라커와 유키카제는 죽었고, 모베라의 난쟁이들은 레드 핸드를 완전히 적으로 생각하고 있었다.

오거의 숫자는 반 이상 줄어있었다. 다친 오거들까지 빼면 모베라의 전력은 1/3 상태나 다름이 없다.

거기서 윈드라는 결단을 내렸다.

오거를 전부 죽이고 모베라를 먹는다.

비록 목표였던 수많은 물약과 오거의 전투력을 얻을 수는 없겠지만 아무것도 얻지 못하고 참모장만 잃은 채 돌아갈 수는 없었다.

게다가 약화된 모베라를 다른 길드가 먹어버릴 수도 있었으니 윈드라에게는 공격한다는 선택지 밖에는 남아있지 않았다.

"남은 오거들과 난쟁이들은 모두 의회로 들어가 숨었습니다."

팔을 가린 망토를 입은 여자가 공중에서 날아와 윈드라의 뒤에 착지했다.

"그런가? 그럼 앞장서라 쥬엔."

쥬엔이라 불린 여자는 베트남계의 아시아인이었다. 작은 키에 갈색 얼굴. 짙은 눈썹 아래로 맑은 눈동자가 빛나고 있었다.

의회의 앞에는 레드 핸드의 전투조 인원이 20명 이상 배치되어 있었다.

처음 모베라에 들어왔던 전투원은 40명. 그중 트라이 마스터가 30명이었다.

그중 20명이 죽거나 다친 것이다. 레드 핸드를 용서할 수 없는 원수라고 생각한 오거들이 평소보다도 더 저돌적으로 싸웠기 때문이다.

하지만 이미 전력을 반 이상 잃은 모베라는 레드 핸드를 이길 수 없었다.

윈드라는 상황을 살짝 살핀 뒤 바로 입을 열었다.

"돌입해라."

윈드라의 명령이 떨어지자마자 수많은 각성자들이 의회 안으로 들어갔다. 정문을 지키는 오거들이 버텨보았지만 이미 숫자에서 레드 핸드가 앞서고 있었다.

의회로 입성한 윈드라는 입구에 서 있는 코렐과 리젤을 쳐다봤다.

두 늙은 난쟁이는 동그란 플라스크에 담긴 물약을 홀짝홀짝 마시고 있었다.

"질긴 인연도 끝이구먼. 리젤."

코렐이 먼저 웃어 보이며 플라스크에 든 물약을 원샷했다. 리젤도 그 뒤를 따라 묵묵히 마시고는 앞으로 걸어나갔다.

"나 같은 대 역적죄인이 영웅인 자네와 같이 죽을 수 있어 영광이네."

리젤은 의미심장하게 앞으로 달려나갔다.

코렐 역시 리젤의 뒤를 따랐다. 마지막으로 작은 플라스크에 들은 물약을 마신 두 사람의 몸이 커다랗게 부풀어 올랐다.

"자폭이다!"

능력자들은 각자의 능력을 사용하여 방어하던가, 아니면 코렐과 리젤을 재빨리 죽였다. 하나 이미 부풀어 오른 몸은 섬광을 내뿜으며 커다란 폭발을 일으켰다.

"쳇, 모두 모여라!"

윈드라가 앞으로 나섰다. 그가 손은 땅에 내리꽂자 땅이 솟구쳐 올랐다.

주황색. 아니 그보다 밝은 살벌한 섬광이 솟구쳐올랐다.

폭발은 의회의 지붕을 날려버렸다.

신체를 폭발시키는 최후의 공격.

모베라 최고의 연금술사 둘이 목숨을 내버리며 한 공격은 경이로울 정도였다.

그러나 폭발이 끝나고 원래 의회가 있던 자리에는 반짝이는 갈색의 새로운 물체가 생겨나 있었다.

갈색의 물체에는 흠집 하나 나 있지 않았다.

마치 폭발과는 관계가 없다는 듯 그것은 태평하게 자리 잡고 서 있을 뿐이었다.

윈드라가 손가락을 튕기자 갈색 물체는 다시 땅으로 돌아갔다.

"귀찮게 하는군."

미처 사거리에 들어오지 못했던 길드원들이 폭발에 휘말려 사망했다.

윈드라는 인상을 썼다.

다행히 날아간 것은 의회의 전반부. 드라커의 사무실은 살아있었다.

레드 핸드는 드라커가 남긴 말이 없나 찾아보기 시작했다.

윈드라는 드라커의 사무실로 들어갔다. 전투가 있었던 흔적이 남아 있었다. 정원에 있는 드라커의 시체에는 다른 이들이 가 있었다.

아마 시체에서는 아무것도 찾을 수가 없을 것이다. 창고에 중요한 물건을 넣어놓고 다니는 것은 바보같은 짓이었다.

미궁에서는 언제 어디서 죽을지 모르니까.

드라커는 습관적으로 개인 창고를 만들어 숨겨놓았다.

그것은 레드 핸드의 본진에서도 마찬가지였다.

윈드라는 사무실 책상 밑을 살폈다. 손으로 땅을 어루만지던 그는 볼록 튀어나온 블록을 발견할 수 있었다.

윈드라는 주먹으로 바닥을 부쉈다. 그러자 안에는 땅에 박힌 금고가 나왔다.

드라커의 비밀번호를 아는 사람은 윈드라를 비롯한 레드 핸드의 간부들뿐.

윈드라는 비밀번호를 넣어 금고를 열고 안에 있는 노트를 꺼냈다.

윈드라는 노트의 마지막 페이지를 찾아갔다. 만약 무슨 일이 있었다면 드라커가 시간을 돌려 분명히 기록했을 것이 분명하기 때문이다.

그는 새로운 인도자라는 단어에서 잠시 멈추었다.

"음, 브로크데일이라."

새로운 인도자가 브로크데일로 향했다. 그리고 레드 핸드또한 브로크데일로 가서 할 일이 적혀 있었다. 그것이 드라커가 써놓은 마지막 지령.

윈드라는 광대를 실룩거리며 손을 부들부들 떨었다.

"인도자가 나타났단 말이지."

인도자.

그들은 미궁의 역사를 바꾸는 자들이었다.

미궁의 격변 한 가운데에 서 있는 자들.

그런데, 왜. 도대체 왜 이번에는 레드 핸드의 역사를 뒤틀어 버렸는가.

윈드라는 바로 밖으로 나갔다.

"쥬엔!"

윈드라가 외치자 쥬엔이 곧 바로 나타났다.

"왜 그러십니까?"

"당장 움직인다. 브로크데일로 갈 거니 채비해라."

"누구를 데리고 가실 겁니까?"

"브로크데일이다."

윈드라는 짜증이 가득 담긴 얼굴로 말했다. 브로크데일에서는 대놓고 싸울 수 없다. 만약 싸운다면 브로크데일을 적으로 돌리는 것은 물론, 브로크데일의 환심을 사기 위해 다른 길드들도 레드 핸드를 칠 것이다.

게다가 브로크데일에는 동일 길드에서 3명까지밖에 들어올 수 없는 룰이 있었다. 윈드라는 잠시 생각하다 외쳤다.

"아퀼라만 데리고 간다. 서둘러."

"알겠습니다."

쥬드가 고개를 끄덕임과 동시에 윈드라가 그녀의 옆을 스치듯 지나갔다.

"인도자. 왜 우리를 치는가?"

윈드라는 하늘을 바라보며 중얼거렸다.

❖

모히칸 머리의 콘은 열심히 야롱을 들고 달렸다.

레드 핸드가 점점 승기를 잡아가는 순간, 코렐은 야롱을 탈출시켰다. 브로크데일로 향해 목숨을 부지하라는 것이었다.

야롱은 콘을 타고 올라오는 진동에 모베라 쪽을 바라봤다. 동산 위에서도 벽 때문에 모베라가 보이지는 않았다.

그러나 하늘을 향해 올라오는 섬광을 보며 코렐이 자폭했다는 것을 알아차렸다.

야롱은 고개를 푹 숙이고 잠시 묵념을 했다. 그녀의 마음을 알아차렸는지 콘도 잠시 발을 멈추었다.

묵념을 끝낸 야롱의 눈에는 커다란 눈물방울이 맺혀 있었다. 야롱은 애써 덤덤하게 말했다.

"가자. 콘."

콘은 고개를 끄덕이고는 다시 발걸음을 재촉했다.

브로크데일.

모베라와 같이 브로크데일의 입구는 강철 문으로 막혀 있었다.

풍경을 자기 마음대로 보겠다며 밖으로 나와 있던 리첼리아는 안내판에 써진 주의사항을 읽어내려갔다.

"어머, 여기 3명밖에 못 들어가는데. 누구 빠질래요?"

"일루미나."

혼의 명령에 리첼리아는 풀이 죽어 검으로 변했다. 메이즈 헌터는 다행히도 딱 3명뿐인 길드였다. 리첼리아가 인간의 모습이 아닌 무기의 모습으로만 있어 준다면 말이다.

"왜 3명밖에 못 들어갈까요?"

"안에서 분란을 일으키지 못하게 하기 위함이겠지. 각 길드의 파워 밸런스도 맞추고."

브로크데일은 그 어떤 길드의 보호도 받지 않는 도시였다. 그러나 도시 안에서 생활하는 길드의 숫자는 그 어떤 도시보다도 많은 곳이었다.

만일 입장 수에 제한이 없다면 레드 핸드 같은 길드는 30명, 40명씩 전투원을 데리고 도시에 들어올 것이다.

만약 그렇게 된다면 다른 길드가 위험해질뿐더러 각 길드의 눈치싸움으로 만들어진 브로크데일의 평화가 깨질

가능성이 컸다.

"일단 얼굴을 가리자고. 얼굴 알려져서 좋을 거 없으니."

혼은 검은 점퍼를 꺼내 입었다. 나머지 두 사람도 점퍼를 꺼냈다. 마치 비 오는 날 범죄를 저지르러 가는 사람들과 같은 행색이었다.

혼 일행이 문 앞으로 다가가자 문 위에 서 있던 보초가 깃발을 흔들어 방문자가 왔다는 것을 알렸다.

잠시 기다리자 성문 위로 관리자로 보이는 남자가 나타났다. 남자는 혼을 내려다보며 외쳤다.

"길드명과 몇 명인지를 고하라. 확인이 필요하니 지금 당장 정보지를 만들어 보여라."

"메이즈 헌터! 3명. 정보소환."

혼의 말과 함께 남자는 검은 판을 꺼냈다. 검은 판 위에서 손가락을 움직이던 남자는 망원경 같은 것을 꺼내 정보지를 확인하고는 고개를 끄덕였다.

"브로크데일에 온 것을 환영한다. 당신들은 한 달간 머물 수 있으며 그 이상 머물 경우에는 무조건 중앙관리위원회에 신고해야 한다. 좋은 여행이 되길 빈다."

강철 문이 육중한 소리를 내며 움직였다. 점점 넓어지는 문과 문 사이로 검은색과 붉은색으로 물든 거리가 나타났다.

사방에서 연기가 올라왔다. 그것은 모베라에서 봤던 하얗고 수수한 연기가 아닌 강철을 녹이는 화로가 뱉어내는 검고 탁한 것이었다.

어디서나 망치 소리, 기계 소리가 울려 퍼졌다. 다테는 무언가 끓어오르는 듯 아무 작업장이든 달려가 감탄을 내뱉고 있었다.

"이야~, 쩐다. 쩔어."

혼은 작업장에서 구경하는 사람들을 쳐다봤다.

브로크데일 토박이로 보이는 사람들 사이로 워커들이 보였다.

워커와 토박이의 차이점은 극명했다.

브로크데일의 사람들은 대부분 구릿빛 갈색 피부를 가지고 있었다. 게다가 대부분 불 앞에서 일하는 사람들이었기 때문에 민소매 옷을 입고 있었다.

그리고 과학자로 보이는 사람들은 흰 피부에 흰 가운을 입고 같은 엠블럼을 가슴에 달고 있었다.

그에 비해 워커들은 옷도 인종도 제각각이었다. 그리고 브로크데일 사람들과는 달리 전부 무기를 착용하고 있었다.

다테는 검을 만드는 대장간 앞에 쭈그려 앉아 대장장이를 바라봤다.

"크, 우리나라가 검은 잘 만들거든."

"검은 별로 그렇게 좋은 무기가 아니다."

혼은 무심하게 말하고 움직였다. 브로크데일은 가장 안전한 곳이기도 했지만 그와 동시에 상상도 할 수 없는 무기가 공존하는 곳이기도 했다.

수많은 길드의 워커들이 브로크데일을 찾는 이유 또한 무기를 구입하기 위함이었다.

브로크데일의 무기는 지구에서는 찾을 수 없는 것들이 많았다.

길을 걸어가던 혼은 한 대장간에서 멈춰 섰다.

점수 5,000점.

1m 정도 되는 봉 하나에 가격을 5,000점이나 책정해 놓은 것이다.

봉에는 특별한 것이 보이지 않았다. 그럼에도 퍼스트 마스터가 될 수 있는 5,000점이라는 점수가 가격으로서 책정된 것이다.

혼은 봉의 기능이 궁금해졌다. 기왕 무기로 유명한 도시에 들어왔으니 평균적인 가격이 어느 정도인지를 알 필요가 있었다.

"질문 좀 하겠습니다."

혼의 말에 커다란 기계를 만지작거리던 노인이 고개를 돌렸다.

노인의 작업실 겸 가게는 일반 대장간과는 달랐다. 딱

봐도 최신식일 것만 같은 기계 3개가 좁은 가게의 벽을 채웠다.

파는 물건이라고는 봉을 비롯해 고작 4개 정도.

노인은 장갑과 고글을 벗고 혼의 앞으로 걸어왔다.

"질문하게."

"이 봉은 뭡니까?"

노인은 입맛을 다셨다. 이걸 어떻게 설명해야 팔아먹을 수 있을까 생각하는 듯싶었다.

"이거, 뭐 이름을 붙이자면 포탈 로드(Portal Rod)라고 하지."

"포탈 로드(Portal Rod)?"

"어, 그러니까 일단 일회용이야."

노인은 협상에는 소질이 없는 것처럼 보였다. 좋은 점만 부각하고, 나쁜 점은 좋은 점으로 덮어버려야 물건이 잘 팔리기 마련이다. 그런데 다짜고짜 단점부터 말하다니.

"일회용으로 뭘 할 수 있는 겁니까?"

"여기 봉 위에 빨간 버튼 있지? 아래는 파란 버튼이 있고. 이 빨간 버튼을 원하는 벽에 누르고, 다른 곳으로 가서 파란 버튼을 누르면 문이 나타날 거야. 그 문으로 들어가면 원래 빨간 버튼을 눌렀던 벽으로 튀어나올 수 있지."

한 마디로 웜홀을 만드는 기계라는 것이다. 언제든 저장해 둔 지점으로 손 쉽게 이동할 수 있는 기계.

일회용이라는 단점만 빼면 5,000점이 아니라 10,000점을 내고서라도 사고 싶은 물건이었다.

그러나 일회용. 지금 당장 필요한 물건도 아니었다.

그런 물건에 5,000점을 쓸 수는 없었다.

"그렇습니까? 나중에 다시 오겠습니다."

"그래, 그러게."

혼의 말에 노인은 한숨을 쉬었다. 아무래도 저 물건 절대 팔리지 않을 것만 같다.

"혼씨, 혼씨, 영양제 팔더라고요."

다른 상점을 둘러보던 천화가 신이 나서 달려왔다. 그녀의 손에는 어려운 용어들이 적혀있는 통이 들려있었다. 내용을 대충 요약해보면 몸에 필요한 영양소가 다 들어있다는 것만 같았다.

"한 통에 고작 50점. 다테씨거랑 혼씨 거 두 통 샀어요."

천화가 한 통을 혼에게 건넸다.

혼은 피식 웃으며 통을 열어 보았다. 무기로 유명한 곳에 와서 영양제를 사는 것이 천화답다는 생각이 들었다.

"이야, 이야. 대박이다 여기."

다테가 믿을 수 없다는 듯이 고개를 절래 흔들며 다가왔다. 남자의 로망은 뭐니뭐니해도 강철과 무기! 그것도 중세무기라면 더욱더 두근거리는 법이다.

"저런 거 좀 사서 집에 진열해놓으면 뽀대날텐데 말이야."

다테가 아쉽다는 듯이 말했다.

"일단 숙소부터 정하고 다시 나오자."

혼의 말대로 세 사람은 먼저 숙소를 정하기 위해 길을 걸어 다녔다.

걸어가는 일행의 반대편에서는 긴 머리를 위로 올려 묶은 여자가 터벅터벅 걸어오고 있었다.

마치 보디빌더처럼 탄탄한 몸매, 그러나 과하지 않은 근육을 가진 여자는 딱 봐도 대장장이와 같은 모습을 하고 있었다.

민소매의 셔츠와 펑퍼짐한 바지. 마치 강철처럼 단단해 보이는 인상의 여자였다.

여자는 한숨을 내쉬며 걸어오다 앞을 바라봤다.

혼과 여자의 눈이 마주쳤다.

여자는 반사적으로 혼을 살폈다. 모자를 뒤집어쓴 남자. 그의 허리춤에는 은색의 검이 달려있었다.

일루미나.

그것을 본 여자의 눈이 동그랗게 커졌다.

"우와!"

여자는 육성으로 감탄한 뒤 뭐에 홀린 것처럼 혼에게 다가갔다.

혼은 경계했지만 곧 여자가 자신을 헤칠 생각은 없다는 것을 알아차리고 상황을 지켜봤다.

"혼씨, 누구예요?"

"내가 알겠냐?"

여자는 혼의 허리에 붙어 조심스럽게 손을 뻗었다. 혼을 비롯한 나머지 두 사람은 여자를 빤히 쳐다봤다. 여자는 그제야 시선을 느꼈는지 눈치를 보다 살짝 떨어져 일어났다.

"아하하. 미안하네. 미안해. 근데, 그 검 좀 봐도 될까? 너무 예뻐서 그런데 말이야. 하하하."

-절대 안 된다고 하세요.-

여자의 말이 끝나기도 전에 리첼리아가 외쳤다.

-눈빛이 완전 기분 더러웠어요. 완전! 완전! 초 SM인 저조차 오금이 저릴 만큼!-

"검에 오금이 어딨냐?"

혼에게서 대답이 없자 여자가 급하게 외쳤다.

"너희 이제 막 들어온 거 같은데. 그럼 우리 집에서 자. 어때? 숙소 가면 명당 100점은 받을걸?"

-고작 100점에 휘둘리지 마세요.-

"세 명이면 300점이긴 한데."

"그리고 또 먹을 것도 내가 다 제공해주지. 여기 맛집은 나만 안다고. 괜히 맛없는 음식에 점수 쓰기 그렇잖아? 그렇지?"

"고작 검을 보는데 그럴 필요가 있나?"

-고작 검이라뇨?! 그게 무슨 뜻입니까? 어이, 인도자 씨!-

혼은 시끄럽게 떠드는 리첼리아를 애써 무시하고 여자가 하는 말에 집중했다.

"그냥 검이라니? 내 인생 최고로 아름다운 검이라고. 살짝 보고도 알겠구만. 어디서 구한 거야? 한 번 제대로 보고 싶은데."

여자는 간절해 보였다. 결국 장인의 욕심이라는 것이다.

"아, 그리고 내가 여기 있는 무기상 애들 다 알아. 말 잘해서 세일도 좀 받아줄게. 어때?"

"좋아, 그럼 하루종일 볼 수 있게 해주지."

-아! 인도자님! 아! 제발! 제발!-

일루미나가 흔들리는 것이 느껴졌다.

"조용히 해라. 너 내 명령 없이 인간 형태로 변하면 안 되는 거 알지?"

고작 일루미나를 보여주는 거로 많은 이득을 취할 수

있었다.

"그래, 그래. 정말 고마워. 난 미셸 신더벨이라고 해. 그럼 우리 집으로 가자."

혼은 신나서 뛰어가는 미셸의 뒤를 따라갔다.

"수고하세요."

"수고 좀 하쇼. 아가씨."

천화와 다테도 몸을 낮춰 일루미나에 대고 속삭였다.

리첼리아가 지금 혼의 머릿속에서 어떤 말을 알고 있는지 그 두 사람은 알 길이 없었다. 혼은 뒷목을 부여잡고 고개를 절래 흔들었다.

"시끄러워 죽겠네."

❖

미셸의 집은 도심 한가운데에 자리 잡고 있었다. 커다란 공방에는 원시적인 대장간의 장비와 최신식 기계가 한곳에 존재하고 있었다.

딱 봐도 도시 초입에서 보았던 대장간들과는 차원이 다른 규모였다. 그것만으로도 미셸이 이 도시에서 힘을 좀 쓰는 여자라는 것을 알 수 있었다.

"그, 그럼 그 검을."

"일루미나다."

"일루미나? 아, 아름다운 울림이네."

미셸은 진심으로 감탄하며 두 손으로 일루미나를 받았다.

-만졌어! 저 변태가 나를 만졌어!-

리첼리아가 비명을 질렀다. 그러나 본체가 혼에게서 멀어짐에 따라 그녀의 외침 또한 혼의 머리에서 멀어져갔다.

"근데 방은 어디를 쓰면 되나?"

"아, 2층은 다 빈방이야. 알아서 하나씩 잡아서 쓰라고."

미셸은 일루미나를 걸대에 걸어놓고 이리저리 살폈다. 혼은 방을 살핀 다음 다시 공방으로 내려왔다.

미셸은 개념이 있는 대장장이었다. 그녀는 일루미나를 직접적으로 건드리지는 않고 눈으로 최대한 살폈다. 그러다 한번 만져보고 싶을 때는 꼭 혼에게 허락을 구했다.

"아주 아름다워. 실용성을 극대화한 이 날을 보라고. 쭉 빠지잖아. 게다가 없는 듯하면서도 새겨진 이 그림들. 손잡이에 그림 보이지? 전쟁터의 장면 같은 이거 말이야."

혼도 미처 알아차리지 못했던 부분을 미셸은 5분 만에 집어내고 있었다. 혼은 옆에서 같이 보다가 이내 흥미가 떨어져 일어났다.

"검은 잘 베기만 하면 그만이다."

"그렇지. 그런데 그런 의미로도 이 검은 짱이야. 군주기야? 5성 오버로드라도 잡았어?"

-고작 군주기랑 나를 비교해?! 미친 거 아니야?-

리첼리아가 어이가 없다는 듯이 말했다. 3성 오버로들를 상대해 본 적이 있는 혼은 고개를 절래 흔들었다.

"5성은 본 적도 없다."

"그럼 이건 뭐야? 누가 만든 거야? 몰라?"

"모르지."

혼은 있는 사실대로 말했다. 누가 리첼리아를 만들었는지는 정말 알 수 없었으니까.

천화와 다테도 샤워를 마치고 공방으로 다시 내려왔다.

"근데 뭐 세일도 받을 수 있게 해준다며? 그건 어떻게 받지?"

혼이 묻자 미셸이 빠르게 종이에 무언가를 휘갈겨 적은 뒤 혼에게 건넸다.

내용은 간단했다.

내 지인이니 물건값을 싸게 해달라는 것. 맨 끝에는 미셸 신더벨의 인장이 찍혀 있었다.

"어디를 가도 세일이 될 거야. 그럼 즐기다 오라고."

미셸은 아예 자리를 잡고 일루미나의 손잡이에 조각된 것을 그림으로 그리고 있었다.

혼은 어깨를 축 늘어트린 리첼리아를 상상하며 고개를 돌렸다.

"그럼 수고해라."

"다녀오라고."

미셸이 대답했지만 천화와 다테는 그것이 누구에게 하는 말인지를 알아차리고 쿡쿡거리며 웃었다.

밖으로 나온 혼과 일행은 상점가로 향했다. 미셸의 말대로 어디를 가든지 미셸이 준 종이만 펼치면 30~40%, 최대 60%까지 세일을 해주는 곳도 있었다.

혼은 일단 하루는 둘러보자고 말했다.

리스트를 작성해 필요한 것만을 가장 싸게 사겠다는 생각이었다.

"우와, 부인이 좋아하겠어요."

혼이 수첩에 가격을 적는 것을 보며 천화가 말했다.

"그리고 그거 안 적어도 제가 다 기억하는데."

"그럼 다음 쇼핑에도 널 데리고 다녀야 하지 않나?"

"어라? 안 데리고 나오시려고 했어요?"

"오늘처럼 배고프다고 저 수염과 메들리를 부르면 곤란하지."

천화는 볼을 붉히며 다테를 쳐다봤다. 다테는 아까부터 배가 고프다며 밥은 언제 먹냐고 찡얼거리고 있었다.

"저는 아무 말 안했거든요!"

"네 배가 말한다. 배고파요. 이렇게."

때마침 꼬르륵 소리가 천화의 배에서 울려 퍼졌다. 천화는 배를 잡고 시선을 피했다.

"밖에서 안 사 먹어. 미셸이 다 사준다고 했으니 기다리라고."

혼은 그렇게 말하며 다시 다른 가게로 가기 위해 밖으로 나갔다. 부끄러움에 고개를 못 들고 따라 나가던 천화는 꽁하고 혼의 등에 머리를 박고는 이마를 쓰다듬었다.

"왜 그러세요?"

혼은 문 앞에서 멈춰서 여자 셋을 빤히 쳐다보고 있었다.

혼이 바라보고 있는 두 여자는 딱 봐도 워커였다.

그중 하나는 갈색 머리에 안경, 거기에 베레모까지. 딱 봐도 공부만 할 것 같은 그런 여자였다. 손에는 커다란 붓을 들고 있어 일부러 범생이 코스프레를 한게 아닐까 생각이 들 정도였다.

그 옆에는 남미인으로 추정되는 여자가 재잘거리고 있었다. 움푹 팬 눈에는 생기가 감돌았다.

다른 여자는 마치 서양 장교가 입을 법한 정장을 입고 있었다. 금발 머리에 남다른 카리스마가 엿보이는 눈빛. 그녀는 마치 어린아이를 보듯 나머지 다른 두 여자를 지켜보고 있었다.

"왜 그러세요?"

천화가 여자들과 혼을 번갈아 보며 물었다.

"별일 아니다."

혼도 처음 느껴보는 느낌이었다. 그것은 마치 동물이 동족을 처음 동족을 발견했을 때와 같은 느낌이었다.

살인자로서의 동족이라는 뜻은 아니었다. 저 여자들 중 그 누구도 혼과 같은 유형의 인간은 아니었다.

혼처럼 특별한 삶을 살아온 사람에게서 풍기는 그런 기운은 느껴지지 않았다.

하지만 이 동질감은 뭐란 말인가.

혼의 시선을 느낀 여자가 고개를 돌렸다. 혼은 그와 동시에 몸을 돌려 얼굴을 숨겼다. 이번에는 남미 여자 쪽에서 혼을 뚫어지게 쳐다보고 있었다.

천화와 다테 또한 얼굴을 숨겼다.

"쳐다보는데요."

"가자."

혼은 아무 일 없었다는 듯이 발걸음을 옮겼다. 여자는 혼이 시야에서 사라질 때까지 멍하니 혼을 쳐다봤다.

"티아, 티아. 아까 그 남자 봤어?"

티아라고 불린 여자는 장교의 옷을 입고 있던 금발의 여자였다.

티아는 주위를 둘러보더니 고개를 갸웃거렸다.

"아까 남자?"

"아까 저기 저 가게 앞에 서 있던 남자."

"그 남자가 뭐?"

"인도자인거 같아."

"그걸 지금 말하면 어쩌자는 거야?!"

티아가 불이 나게 화를 내며 외쳤다.

"니나, 그런 건 빨리 말하라고 했어? 안 했어?"

니나라고 불린 남미계의 여자는 잔뜩 움츠러들며 모기처럼 작게 말했다.

"아니, 인도자가 흔한 것도 아니고, 그런 말 한 적도 없고, 또 나도 놀라서 멍 때린 건데."

티아는 앞머리를 쓸어올리며 니나를 노려봤다.

"아니지, 아니야. 노려본다고 뭐 일이 해결되는 것도 아니고. 그래서 얼굴은 봤어?"

"못 봤어. 후드 뒤집어쓰고 있더라고. 세 명 다."

"왜 네가 인도자일까?"

티아는 고개를 절래 흔들었다.

"너는 봤어?"

베레모를 쓴 여자는 움찔하더니 민망하게 웃었다.

"저도 잘 하하하."

"웃지 마. 천사나 인도자나. 하."

베레모를 쓴 여자의 이름은 아르마티아. 혼에게 리첼리

아가 있듯이 니나에게는 아르마티아가 있는 것이었다.

"인도자가 도시에 있다니. 다음에 보면 알아볼 수 있어?"

"뭐 인도자끼리는 서로 아니까. 아마."

니나가 손가락을 꼼지락거리며 말했다.

"아마가 아니야. 무조건 알아봐야 돼. 알았어?"

지금까지 알려진 인도자는 총 세 명. 나머지 두 명은 다른 왕국에 소속되어 있었다. 즉 어떤 인도자인지를 알면 어떤 왕국이 브로크데일에 들어와 있는지를 알 수 있다는 것이다.

그것은 아주 유용한 정보였다.

티아 칸은 인상을 쓰고 숙소로 발걸음을 옮겼다.

❖

티아 칸은 숙소로 들어가 재킷을 침대에 던지고는 한숨을 내쉬었다.

한숨에는 두 가지 이유가 있었다.

인도자의 정체를 밝혀내지 못한 아쉬움이 하나였지만 그건 그다지 큰일이 아니었다.

그녀가 브로크데일에 온 이유. 그것이 문제였다.

사건은 오늘 아침으로 돌아간다.

티아와 니나는 브로크데일에 도착하자마자 중앙관리위원회로 향했다.

중앙관리위원회는 브로크데일의 관리자들이 일하는 곳이라고도 볼 수 있었다.

정치를 하는 곳은 아니었다. 이곳은 브로크데일을 대표하는 자들이 있는 곳이었고, 이 도시에 있는 워커들을 비롯해 온갖 사건 사고를 관리하는 곳이기도 했다.

중앙관리위원회는 총 3층으로 되어 있었다. 검은 강철로 외벽을 만들었고, 장인들의 도시답게 수많은 강철 조형물이 건물 곳곳에 배치되어 있었다.

"우와. 잠깐만 사진 좀 찍자."

니나가 멈춰 서서 열심히 중앙관리위원회 건물을 찍었다.

"촌스럽게 굴지 말고 들어가자."

티아는 그렇게 말하면서도 니나가 사진을 찍을 수 있는 시간을 주었다. 그 뒤를 따라오는 니나의 천사, 아르마티아는 가지고 있는 붓으로 허공에다가 열심히 무언가를 적었다.

낮에는 항상 열려있는 철문을 지나 안으로 들어가면 커다란 홀이 나온다.

밝은 조명이 매끈한 바닥에 반사되고 있었다. 홀의 중앙에는 동그랗게 만들어진 카운터가 보였다. 그곳에는 4

명의 직원이 열심히 중앙관리위원회를 찾아온 사람들을 맞이하고 있었다.

티아는 얌전하게 자기 차례를 기다리다가 카운터로 향했다.

"자, 오늘은 무슨 일로 오셨나요?"

카운터의 남자가 서류를 정리하며 말했다. 티아는 카운터에 몸을 기댔다.

"포사토이오의 여제가 왔다고 전해라. 아, 그리고 대표 오라고 해. 최대한 빨리."

남자는 화들짝 놀라며 티아를 쳐다봤다. 포사토이오의 여제.

그것은 이 미궁의 사는 사람이라면 그 이름을 모르는 사람이 없을 만큼 유명한 이름이었다.

포사토이오.

워커가 만든 3개의 왕국 중 하나.

"저, 그러니까, 죄송합니다만 정보지를 좀 볼 수 있을까요?"

"감히 나를 사칭하는 자가 있었나? 이거 참. 정보소환."

티아는 정보지를 슬쩍 보여주었다. 길드명에는 포사토이오의 이름이 정확하게 적혀 있었다. 남자는 정리하던 서류를 내팽개치며 빠르게 일어났다.

"대표님 불러오겠습니다. 어이, 어이."

남자는 옆에서 다른 손님을 상대하고 있는 안내원을 툭툭 쳤다.

"이분 빨리 2층 1번 회의실로 안내해드려."

상황을 빠르게 읽은 여자 안내원은 고개를 끄덕이고는 바로 움직였다.

티아와 니나, 그리고 아르마티아는 안내를 받아 회의실 안으로 들어갔다.

티아는 들어가자마자 시계를 쳐다봤다. 대표라는 것이 얼마나 빨리 오냐는 것으로 브로크데일에서의 포사토이의 명성을 알 수 있었다.

그렇게 5분, 헐레벌떡 뛰어온 한 뚱뚱한 남자가 들어왔다.

"오, 빨리 오네?"

티아는 앉은 채로 남자를 돌아봤다. 중년의 남자는 열심히 땀을 닦으며 힘겹게 자리를 찾아 들어갔다.

"하하하, 포사토이오의 여제님이 찾아오시다니. 브로크데일도 유명해졌나 보군요."

"가까워. 별로 안 멀거든. 한 도시 5개 정도 떨어져 있지."

"하하, 그렇군요."

"그럼 바로 대화에 들어가 볼까? 시간 끌 필요 없잖아."

티아는 자세를 고쳐 앉았다.

"아, 잠시."

티아는 어정쩡한 자세로 멈췄다. 남자는 손수건으로 목과 옆머리를 닦으며 말을 이어갔다.

"대표님이 아직 오시지 않아서 하하하. 금방 오시니 커피라도 드시면서 기다리시죠. 여기! 커피 좀 가져와라. 나는 우유 많이 넣고."

"잠깐."

티아가 검지로 미간을 눌렀다.

"네가 대표가 아니라고?"

"아, 그렇습니다. 저는 그냥 사무장으로……."

"사무장?"

니나와 아르마티아는 슬슬 티아의 눈치를 보기 시작했다. 검지로 미간을 누르는 행동은 티아가 열이 받았을 때 하는 버릇과도 같았다.

"그럼 대표라는 놈은 언제 오지?"

"아마 개인공방에 계셨다면 이제 한 5분이면 오지 않을까 싶습니다."

"늦어서 죄송합니다."

그때, 한 여자가 문을 열고 들어왔다.

"제가 작업 중에 와서 꼴이 이렇습니다. 하하하."

여자는 테이블 위에 놓인 휴지를 뽑아 손을 닦은 뒤 악수를 건넸다. 티아는 여자의 손을 가만히 쳐다보다가 마지못해 악수한 뒤 말했다.

"늦으셨군요."

"제 개인공방이 좀 멀어서요. 미셸이라고 합니다. 미셸 신더벨."

미셸은 니나와 아르마티아와도 악수를 한 뒤 자리에 앉았다.

티아는 미셸을 가만히 노려봤다. 그녀가 늦었기 때문은 아니다.

미셸은 아무리 높게 쳐줘도 30대 초반 정도로 보였다. 아마 실제 나이는 20대 후반 정도일 것이다.

그런 어린 여자가 브로크데일 최고의 기술자라는 것이다.

브로크데일의 대표는 대대로 최고의 기술자들이 맡아왔다. 그들은 장인으로서, 또 한 도시의 대표로서 브로크데일의 사람들을 가장 잘 이해하기 때문이다.

티아는 미셸이라는 사람이 궁금해졌다. 지금까지 느꼈던 불쾌함은 잊은 지 오래였다.

같은 여자로서, 또 같은 정점에 올라간 사람으로서 티아와 미셸은 묘한 동질감을 느끼고 있었다.

"포사토이오의 여제님께서 여기까지 무슨 일로 오셨습니까?"

미셸도 둘러 말하는 성격은 아니었다.

포사토이오의 여제가 직접 브로크데일로 찾아와 직접 대표를 찾을 정도라면 무언가 중요한 말을 전하기 위함일 것이다.

그것이 좋은 소식이든 나쁜 소식이든 말이다.

"그럼 대표가 왔으니 본론으로 들어가지."

미셸은 앞으로 살짝 의자를 끌어 앉았다.

"포사토이오는 브로크데일과 거래를 원하네. 무기를 우리에게만 제공하고 다른 길드와는 거래를 끊었으면 한다. 대신 매달 점수를 제공하지. 니나."

니나는 창고에서 계약서를 꺼내 미셸과 사무장에게 전했다.

"참고하시라고 계약 조건을 준비해왔어요."

"하하하, 그건 좀."

사무장은 미셸의 눈치를 보며 입을 열었다.

"좀 뭔가?"

티아는 미소와 함께 강하게 말했다.

그녀의 목소리에는 힘이 담겨 있었다. 카리스마 그런 추상적인 것이 아닌 능력의 힘이었다.

티아의 신체각성 1단계.

그것은 목소리로 상대를 압박하는 것이었다. 오버로드 1성 정도는 목소리만으로 물러가게 할 수 있는 것이

티아였다.

사무장은 말을 이어가지 못하고 벌벌 떨었다.

그러나 미셸은 별로 흔들리지 않았다. 그녀는 가만히 계약서를 읽다가 고개를 끄덕였다.

"좋은 계약이네요. 한 달마다 들어오는 점수도 충분하고, 게다가 포사토이오가 도시를 보호해준다고 하니 안전하기도 하겠네요."

"너희가 내야 하는 세금도, 보호비용도 없다. 너희는 그저 지금처럼 살아가고 무기를 우리에게만 제공하면 되는 것이다. 간단하고 쉬운 계약이다."

티아는 누구를 핍박하는 스타일이 아니었다. 만약 그랬다면 미궁에 3개뿐인 왕국의 주인이 될 수 없었을 것이다.

계약서는 그러한 그녀의 성격을 보여주고 있었다.

그러나 미셸은 오래 생각하지 않고 답했다.

"합리적이지만 거절하겠습니다."

의외의 대답에 티아는 미간을 찌푸렸다.

"어째서지?"

"첫째, 포사토이오와 계약을 하고 얻게 되는 이득에 관한 것입니다. 보호해준다고 하는데, 브로크데일은 충분한 방어군을 가지고 있습니다. 그리고 도시 안에 들어와 있는 길드간의 눈치싸움으로 미궁에서 가장 안전한 장소

중 하나가 되었죠. 이 평화를 포기하기는 쉽지 않습니다."

한 마디로 포사토이오의 보호가 현재의 평화를 지켜줄 수 있는가에 대한 확신이 없다는 것이다.

"둘째로 포사토이오에게만 무기를 제공하면 다른 길드들은 브로크데일을 포사토이오의 영지로 생각할겁니다. 다른 두 왕국을 적으로 돌리는 것은 그 누구도 감당하기 싫은 것이죠. 게다가 거래상대가 한 곳으로 한정된다면 그 한 곳이 변질하는 순간 도시가 망하게 됩니다."

충분히 돌려 말했지만 한 마디로 포사토이오가 훗날 브로크데일이 다른 길드에게 찍혀 돌아갈 곳이 없어졌을 때도 제대로 된 값을 치러줄지 의문이라는 것이었다.

미셸은 거기까지 말하고 티아의 눈치를 보았다. 상대가 화를 내면 교섭은 거기서 끝이기 때문이다.

티아는 평온하게 앉아 말했다.

"계속 말해봐라"

"셋째, 만약 점수를 포사토이오가 제공한다면 장인들은 어쩔 수 없이 포사토이오 입맛에 맞는 물건을 만들 수밖에 없습니다. 자신의 작품이 누군가의 입맛대로 만들어지는 것을 장인들은 절대 용납하지 않을 것이기에 사회적 문제가 일어날 것입니다."

"만약 아무 제재도 가하지 않고 자유롭게 작업을 하게

해주겠다고 약속한다면?"

"현 상황에서는 그리 약속을 해주시겠지만 훗날 상황이 바뀌면 또 다르죠. 그리고 마지막으로, 포사토이오가 훗날 생각을 바꿔 브로크데일을 먹으려 한다면, 브로크데일은 저항을 할 수 없습니다. 지금이야 길드 간의 눈치싸움 때문에 포사토이오 측에서 이렇게 좋은 조건을 들고 왔지만 상황이 바뀌면 또 모르죠."

티아는 살짝 혀를 찼다.

미셸의 걱정은 타당했다. 티아가 어떤 사람인지 미셸은 알 길이 없었기 때문이다. 정말로 티아가 계약조건을 지킨다는 보장도 없다.

"그래, 그런 단점이 있지."

티아는 순순히 인정했다. 미셸은 그제야 미소를 지었다.

포사토이오는 왕국이라 불릴 정도로 대형길드였다. 그들이 지배하고 있는 도시가 5개는 된다. 각 도시에 관리자로 20명 정도의 능력자를 배치한다고 했을 때 포사토이오의 능력자 수는 최소 100명.

티아가 브로크데일을 치기로 마음먹으면 못 칠 것도 없다는 것이었다.

"이쪽 입장을 이해해줘서 감사합니다. 여제님. 그럼 이걸로……."

"다만, 네가 잊고 있는 게 있어."

미셸은 자리에서 일어나려다 움직임을 멈추었다.

"나는 이 제안과 브로크데일이 포사토이오를 언짢게 하는 리스크를 저울질하라는 거였다. 거절하면 포사토이오와의 관계가 틀어지겠지. 다시 생각해보겠나?"

미셸은 다시 자리에 앉았다. 티아는 고민하는 그녀의 모습을 보며 미소를 지었다.

"지금 당장 결정하라는 건 아니다. 난 여기 오래 머물 생각이니까. 그럼 나중에 다시 오지."

티아는 자리에서 일어났다. 쥐죽은 듯이 가만히 앉아있던 니나와 아르마티아가 티아의 뒤를 따랐다. 생각에 잠겨있던 미셸은 벌떡 일어났다.

"따라 나오지 마. 생각이나 더 하라고."

티아는 그 말과 함께 문을 열고 나갔다.

폭풍이 지나간 것만 같았다. 단순히 말만 오고 갔을 뿐임에도 미셸과 사무장은 지쳐있었다.

"어떻게 하실 겁니까? 대표님."

"모르겠습니다. 아저씨."

미셸이 고개를 가로저었다. 그리고는 축 늘어진 어깨를 끌고 일어나며 말했다.

"일단 집에 가야죠. 먼저 퇴근합니다."

샤워기에서 나오는 물방울이 티아의 몸을 적셨다.

아침에 있었던 대화는 생각보다 잘 풀리지 않았다. 비록 마지막에 미셸을 압박하는 데 성공했지만 그렇다고 해서 그녀가 티아의 제안을 받아들일지는 모르는 것이다.

브로크데일의 무기를 확보하면 왕국은 더욱 강해진다.

브로크데일에는 수많은 전략 병기가 존재한다. 비록 이들이 다른 길드에게는 팔지 않지만, 그중에는 웬만한 원과 비슷한 위력을 발휘하는 무기도 존재했다.

브로크데일이 그러한 무기를 팔지 않는 이유는 그것이 길드간의 균형을 무너트릴 수 있을 만한 것이기 때문이다.

브로크데일에서 만든 무기가 활약을 하면 할수록 브로크데일을 증오하는 길드 또한 늘어날 것이다. 미셸을 비롯한 전 대표들은 그 사실을 잘 알고 있었다.

미셸이 노리는 것은 바로 그 전략무기였다. 브로크데일과 포사토이오가 동맹을 맺는다면 전략무기를 마음대로 사용할 수 있다.

이는 왕국을 넓히는데 엄청난 힘이 될 것이다.

'이거를 위해서 일부러 브로크데일 쪽으로 땅을 넓혔는데 말이야.'

브로크데일을 압박하는 것은 두 번째 전략이었다. 그녀는 포사토이오라는 이름과 자신의 능력에 겁먹은 브로크데일의 대표를 구워삶을 생각이었다.

그러나 미셸은 호락호락하지 않았다.

티아는 샤워 꼭지를 잠그고 머리를 말리며 밖으로 나왔다.

"어! 티아. 이거 봐. 그림 그려봤어."

"뭐를?"

"인도자 말이야."

니나가 그린 그림은 마치 사진과 같았다.

천재 미술작가.

미궁으로 넘어오기 전 니나에게 항상 붙어있던 수식어다.

"뒷모습인데?"

"그래도 옷을 볼 수 있잖아."

니나의 말대로 그들이 입고 다니는 옷을 알아낸 것만으로도 괜찮은 소득이었다.

티아는 그림을 바라보며 입꼬리를 올렸다.

"그럼 기다리는 동안 인도자나 찾아볼까?"

NEO MODERN FANTASY STORY & ADVANTURE

메이즈 헌터

3

Maze Hunter

3

새벽이슬이 마르지도 않은 시간.

"드디어 도착했습니다요."

야롱은 떨리는 목소리로 철문을 바라봤다. 콘은 꾸벅꾸벅 졸면서도 계속해서 앞으로 걸어나갔다. 거대한 오거가 철문에 쿵하고 부딪히자 넋 놓고 있던 보초병이 아래를 내려보았다.

"누구냐?"

"모, 모베라에서 왔습니다요! 열어주시면 고맙겠습니다요."

"난쟁이? 문을 열어라!"

모베라와 브로크데일은 예전부터 절친한 사이였다.

화학적인 부분에 있어서 난쟁이들은 브로크데일의 기술자들보다 훨씬 뛰어났다.

브로크데일은 원하는 물약을 주문하고, 난쟁이들은 그것을 배달해 줬다.

즉 모베라와 브로크데일은 서로 꼭 필요한 존재였다.

모베라 입장에서는 도시의 경제를 돌리는 주요 수입원이었고, 브로크데일 입장에서는 모베라가 없으면 당장 진행되는 연구 대부분이 멈춘다.

문이 열리고 야롱과 콘은 브로크데일 안으로 들어왔다.

문을 지키는 남자들이 내려와 야롱을 살폈다. 그들 또한 모베라에서 일어난 사건을 알고 있었다.

이른바 거대한 폭동.

신문으로나마 사건의 심각성을 알고 있던 브로크데일은 모베라를 걱정했다. 그래도 수습이 되었다는 것이 마지막으로 본 기사였기에 안심하고 있던 찰나였다.

"무슨 일이냐?"

야롱은 눈치를 보았다.

"저기, 만날 분이 있어서 실례하겠습니다요."

모베라에 관한 이야기를 아무에게나 할 수는 없었다.

소문이라는 것을 무섭도록 빠르게 퍼져나간다. 특히나 나쁜 소문은 더욱 그렇다. 야롱은 모베라의 소식이 브로크데일의 사람들을 불안하게 만들 것을 잘 알고 있었다.

"도시는 좀 괜찮나?"

"뭐, 그냥 그렇습니다요."

야롱운 꾸벅 인사를 하고 콘과 함께 달렸다.

야롱이 간 곳은 미셸 신더벨의 집이었다.

과거 코렐을 따라 브로크데일에 와본 적이 있는 야롱이었다. 코렐은 모베라의 대표격인 사람이어서 미셸과도 안면이 있었다.

미셸은 예전부터 야롱을 귀여워했었다. 현재 브로크데일에서 가장 의지할 수 있는 사람이라면 단연 미셸 신더벨이라고 할 수 있었다.

야롱은 콘에서 내려 미셸의 집으로 걸어갔다. 콘은 곧바로 쓰러져 코를 골기 시작했다. 야롱이 문을 두드리고 잠시, 미셸이 문을 열고 나왔다.

"누구십니까? 어, 야롱아."

미셸은 화들짝 놀라 야롱을 살폈다. 야롱은 급하게 브로크데일로 오느라 며칠은 씻지 못한 거지 모습이 되어 있었다. 미셸은 야롱의 표정과 차림새에서 모베라에 무슨 일이 일어났다는 것을 직감했다.

"안녕하십니까요."

"일단 들어와. 잠깐만 저건 콘 아니야?"

미셸은 길바닥에 널브러져 있는 콘을 가리켰다. 다행히 아직 사람들이 활동을 시작하는 시간은 아니었다. 미셸은 나중에 깨워야겠다고 생각하며 야롱을 집 안으로 데리고 들어왔다.

"어쩐 일이야? 맞아, 신문에서 봤어. 모베라는 괜찮아?"

"저 그게……."

야롱은 고개를 푹 숙였다.

"괜찮지…… 않구나?"

야롱은 가만히 고개를 끄덕였다.

"코렐씨는? 왜 혼자 왔어?"

"저, 그게, 그러니까. 힝….."

야롱은 올라오는 눈물을 억지로 참았다. 야롱의 코가 빨개지고, 눈에 물이 차오르는 것을 본 미셸은 질문을 멈췄다.

야롱의 반응으로 보아 코렐에게 무슨 일이 생기긴 생긴 것이다.

코렐에게 무슨 일이 생겼다는 뜻은 거대한 폭동 기사에는 코렐이나 리젤의 사망 소식이 들어있지 않았다.

만약 그들에게 무슨 일이 있었다면 신문에 쓰여있지 않을 리가 없었다.

겉보기에는 그냥 작은 노인들이라도 모베라의 수장들이니까.

야롱은 계속해서 흐느꼈다. 말을 이어가기 위해 노력하

는 모습이 보였으나 야롱과 같은 어린아이에게 유일한 가족의 죽음은 받아들이기 힘든 것이었다.

지금까지는 무아지경으로 달리고 또 달려 브로크데일까지 왔으나 평온이 냉정을 되찾게 해준 지금 이별의 공허함이 야롱의 가슴을 채웠다.

"죄송합니다요."

한참을 운 야롱이 겨우겨우 눈물을 훔치며 고개를 들었다. 울지 않기 위해 부릅뜬 눈이 더욱 안쓰러워 보였다.

미셸은 조심스러웠다.

야롱의 마음은 아직도 깨지기 쉬운 유리조각과도 같았다.

이미 금이 갈대로 간 마음.

야롱은 억지로 그것을 다시 붙였지만 조금만 건드려도 다시 박살 날 것임은 분명했다.

"그럼 천천히 무슨 일이 있었는지 말해줄래."

"알겠습니다요."

야롱은 있었던 일을 천천히, 눈물을 참기 위해 침을 넘겨가며 말하기 시작했다.

망각의 물약이 의무화되고, 그것을 반대하는 코렐이 쫓겨났던 일.

레드 핸드의 워커가 오거들을 폭주시켜 거대한 폭동이 일어났던 일.

모베라에 들어왔던 워커들이 도와줘 폭동을 잠재웠던
일.

마지막으로 레드 핸드가 쳐들어와 오거들과 많은 난쟁
이들이 학살당한 것까지.

가만히 듣고 있던 미셸은 속에서 올라오는 분을 참지
못하고 주먹으로 탁자를 내려쳤다.

레드 핸드.

7대 길드로 요즘 가파르게 상승세를 타고 있는 길드였
다.

친구, 아니 가족이나 다름없는 도시인 모베라가 고작
길드 하나의 작전에 말려 완전히 박살 난 것이다. 아마도
레드 핸드는 현재 모베라에 남은 난쟁이들을 모아 굴복시
키고 있을 것이다.

"거대한 폭동 그 이전부터 레드 핸드가 모베라를 노리
고 있었군."

미셸은 레드 핸드가 왜 모베라를 먹으려 했는지 알 수
있을 것만 같았다.

마침 망각의 물약이 실행돼서? 우연히 오거들을 폭주
시킬 방법을 찾아내서?

아니다. 레드 핸드는 처음부터 모베라를 노리고 있었
다. 그렇기에 이 근처에서 계속 활동하며 숨을 죽이고 기
회를 노린 것이다.

모베라는 특별한 도시다.

아니, 브로크데일이 모베라를 특별하게 만든다.

난쟁이들이 만드는 물약. 화학제품은 브로크데일의 기술로도 따라갈 수 없을 정도로 발전되어 있다.

브로크데일이 워커들에게 큰소리칠 수 있는 배경에는 모베라가 만든 화학 용품을 가공해 만든 발명품이 있다.

그러나 이제 모베라는 자유롭게 거래를 할 수 있는 상태가 아니었다.

레드 핸드가 허락을 하지 않으면 브로크데일은 모베라의 지원을 받을 수 없다.

레드 핸드는 그것까지 노렸을 것이다.

브로크데일과의 거래.

그것은 아마 전략 병기의 거래일 것이다. 전략 병기를 팔아주면 모베라와 평소대로 거래할 수 있게 해주겠다.

그런 제안을 분명히 해올 것이라 확신할 수 있다.

"그래, 야롱아. 밥은 먹었니? 보니까 급하게 오느라 끼니도 제대로 못 때웠을 거 같은데."

"아닙니다요. 괜찮습니다요."

야롱은 고개를 푹 숙였다.

"브로크데일로 가면 도와줄 거라고 할아버지가 말했습니다요."

도와준 다라.

코렐은 브로크데일은 너무 높게 평가하는 것 같았다.

브로크데일의 전략 병기는 방어 목적 이외에는 사용할 수가 없다.

크기가 너무 크기 때문이다. 집채만 한 대포 같은 걸 가지고 움직이다가는 괴수를 만나 몰살당하기에 십상이었다.

그런데 왜 워커들은 그렇게 전략 병기를 원하는가.

창고의 존재 때문이다.

전략 병기가 아무리 커도 창고에는 들어간다. 비록 전략 병기 하나가 창고 하나를 전부 차지하겠지만 한 명이 창고를 비우기만 하면 끝이다.

전략 병기와 길드 간의 눈치 싸움이 없다면 브로크데일의 사람들은 좋은 무기를 든 민간인일 뿐이다. 공중을 날아다니고, 땅을 뒤집는 워커들을 상대로 싸울 수 있을 리가 없다.

"그래, 어떻게든 해야지."

야롱의 말대로 어떻게 해야 하기는 한다. 이대로 레드핸드에게 전략 병기를 넘겨주기 시작하면 정말 포사토이오를 비롯한 수많은 길드와 적이 되고 만다.

"뭐가 이렇게 시끄럽냐? 아침부터."

그때 2층에서 혼이 내려왔다. 머리를 긁적이며 내려오던 혼은 미셸과 나란히 앉아있는 야롱을 발견하고는 발을 멈췄다.

"어, 너는……."

야롱은 혼을 보더니 벌떡 일어났다.

"아저씨!"

야롱은 혼에게 달려가 다리에 안겼다. 혼은 심각한 표정으로 야롱을 쳐다봤다.

"얘가 왜 여★?"

"난 야롱이가 왜 자네를 그렇게 반가워하는지가 더……. 아, 그 워커가 너야?"

미셸은 이제 알겠다는 듯이 말했다.

"거대한 폭동을 해결한 게 너였어?"

"거대한 폭동이라면 모베라에서 일어난 그건가. 뭐 그렇지."

혼은 딱히 부정하지 않고 야롱을 안아 들었다.

테이블로 걸어온 혼은 야롱을 원래 앉아 있던 장소에 데려다 놓고는 자리에 앉았다.

"설명해줄까?"

"필요없다. 대충 알겠군. 야롱아, 레드 핸드가 우리에 대해 알았나?"

혼에게 중요한 것은 단 하나였다.

레드 핸드가 혼이 인도자인 것을 아느냐 모르느냐. 오직 그것뿐이다.

야롱은 대답을 못 하고 우물 쭈물거렸다. 최후의 순간 전에 모베라를 빠져나온 그녀로서는 확실하게 말할 수 없었다.

혼은 질문을 바꿨다.

"코렐과 리젤은 어떻게 됐지?"

코렐이라는 이름을 듣자마자 야롱의 눈에 눈물이 고이기 시작했다.

"그, 그게, 희생의 물약으로……."

광대가 점점 올라가더니 야롱은 이내 울음을 터트렸다. 혼은 미셸에게로 고개를 돌렸다.

"자폭했다는 소리야. 희생의 물약은 자폭하는 물약이거든."

"그렇군."

혼은 다행이라고 생각했다. 자폭했다면 정보가 새어나갔을 염려가 없었다. 혼의 정체를 아는 사람은 오직 리젤과 코렐, 그리고 야롱 뿐이었으니까.

그때 하양이가 계단을 뛰어 내려왔고, 뒤를 이어 천화와 다테가 내려왔다.

천화는 야롱을 보자마자 반가워하며 뛰어왔다. 하지만 침울한 분위기를 눈치챈 그녀는 조심스럽게 혼의 옆으로 가 물었다.

"야롱이는 왜 여기 있죠?"

"최악의 사태가 벌어졌다. 레드 핸드가 모베라를 먹었다."

"그럼 코렐씨나 오거들은……?"

"굳이 말해야 하나?"

천화는 오른손으로 입을 막고 야롱이를 슬쩍 보았다. 혼이 말하는 것을 들은 야롱은 다시 울먹였다. 천화는 그런 야롱의 옆으로 가 조용히 안아주었다.

"아, 망할 놈들."

다테가 한숨을 내쉬며 고개를 절레 흔들었다.

"야롱이와 콘을 숨겨야 해. 아마 레드 핸드가 이곳으로 오고 있을 거야."

미셀이 심각하게 말했다.

"왜지?"

"협상을 위해서겠지. 모베라와 브로크데일은 실과 바늘 같은 존재거든."

혼은 고개를 끄덕였다.

정확히 말하면, 왜 레드 핸드가 이곳에 오는가는 신경 쓰지 않아도 된다.

온다는 것이 확실하다면 혼은 한시라도 빨리 브로크데일에서 떠나야 했다.

드라커를 죽인 혼이 레드 핸드에게 환영받는 존재일 리가 없기 때문이다. 그들이 혼의 정체를 모른다 하더라도 혹시나 모를 위험을 감수하는 건 사양하고 싶다.

"그럼 우린 빨리 떠나야겠군."

"혼씨, 야롱이는?"

"이 여자가 잘 봐주겠지."

천화는 야롱을 쳐다보았다. 그녀 역시 하나뿐인 가족을 잃어본 적이 있기에 야롱이 받은 상처가 얼마나 클지를 잘 알고 있었다.

그런 소녀를 남겨두고 가는 것이 마음에 걸렸지만 남아 있는다고 해서 천화가 할 수 있는 일은 많지 않았다.

혼은 천천히 일어나는 천화를 확인한 뒤 다테에게 말했다.

"출발하자. 아, 맞아."

혼은 미셸을 바라보고는 말했다.

"내 검은 가져간다."

"아, 맞아. 고마웠네."

"리첼리아. 와라."

"오! 드디어! 얼마나 답답했는지 알아요?"

일루미나가 빛을 내며 인간의 형태로 변했다. 은발 벽안의 미녀가 자신의 작업장에서 튀어나오는 것을 본 미셸은 화들짝 놀라며 벌떡 일어났다.

"뭐, 뭐야?"

"뭐긴 뭐야! 네가 만지작거렸던 검이지. 영광인 줄 알라고 인간아."

미셸은 놀란 눈으로 혼을 쳐다봤다.

"인도자?"

"정답."

"그럼 천사였던 거야?"

리첼리아는 혼을 쳐다보며 우는 시늉을 했다.

"저런 변태에게 남겨두시다니 흑흑. 너무 매정하세요."

"조용히 하고 가자."

"야롱아, 힘내."

천화는 저런 상투적인 말밖에 할 수 없는 자신에게 실망하며 자리에서 일어났다.

야롱은 나가는 혼을 보며 마지막으로 말했다.

"고마웠다고……."

혼이 고개를 돌렸다. 야롱은 혼의 눈을 쳐다보며 말했다.

"전해달라고 했습니다요. 할아버지가."

"나야말로 고맙다. 실수가 아닌 걸 깨닫게 해줘서."

혼은 미소와 함께 미셸의 집을 나섰다.

❖

티아 칸은 니나와 아르마티아를 대동하고 중앙 상점가를 돌아다니고 있었다.

인도자가 다시 나타날 것이 확실하기 때문이다. 니나가 그린 그림에는 그들이 산 물건이 보이지 않았다.

물론 창고에 바로 넣었을 수도 있다.

하지만 방금 산 무기를 덤덤하게 창고에 넣는 인간은 많지 않다. 대부분의 사람들은 무기를 살피거나 사용법을 찾아보기 마련이다.

마치 어린아이가 새로운 장난감을 사면 그것을 계속해서 살피며 쇼핑을 하는 것과 같은 이치다.

만약 그렇지 않더라도 도시를 나가지 않았다면 중앙 상점가로 다시 올 확률이 높았다.

"정신 차리고 잘 봐. 알았어?"

티아는 니나와 아르마티아에게 신신당부를 했다. 인도자를 찾아 그가 속한 길드가 어떤 길드인지, 또 인도자가 어떤 인물인지를 알아내는 것만으로도 굉장한 수확이다.

섣부르게 전투를 할 수 없는 브로크데일의 특성상 인도자를 죽일 수는 없어도 회유는 시도해 볼 수 있었다.

"이야, 이 가게는 처음 보는 거 같은데!"

"그러게요. 인도자님. 진짜 감동해서 눈물이 날 거 같아요."

두 사람은 한 가게에 진열된 도끼를 쳐다보고 있었다.

살벌하게 선 도끼날에 도시의 절경이 조각되어 있었다.

예술가인 니나나 그녀에게 붙은 천사인 아르마티아는 넋을 놓고 그것을 쳐다봤다. 티아는 검지로 미간을 누른 뒤 두 사람의 뒤통수를 후려쳤다.

"집중해. 집중."

"알았어, 알았어."

니나는 아쉬워하며 고개를 돌렸다. 그때 그녀의 시야 안으로 세 명의 후드를 입은 사람들이 들어왔다.

어제와 같은 느낌을 받은 니나는 망설임 없이 혼을 가리키며 말했다.

"저기다. 저기."

니나와 아르마티아를 한심하게 쳐다보던 티아는 휙 고개를 돌렸다. 혼과 그 일행은 빠르게 걸어와 티아의 옆을 스쳐 지나갔다.

티아는 곧바로 한 사람의 팔을 잡았다.

그녀가 잡은 것은 혼의 오른팔이었다. 혼은 살짝 멈춰서서 티아를 쳐다봤다.

"무슨 일이지?"

티아도 170에 가까운 키였지만 혼은 그녀보다 더 위에 있었다. 티아는 혼의 눈을 올려다보며 미소를 지었다.

저 눈빛.

인도자들은 특별한 사람들이다.

그들은 어느 한 분야의 천재들로 이루어져 있었다.

혼이 가지고 있는 눈빛은 범인의 것이 아니었다. 과거 군 장교로 살아온 티아는 수많은 사람들을 보아왔고, 덕분에 사람 보는 눈을 가질 수 있었다.

티아가 말없이 쳐다만 보고 있자 혼은 주변을 살폈다.

시비를 거는 것일까? 아니, 그것은 아니었다. 티아는 단순히 호기심을 품은 것처럼 보였다.

"뭐해? 가자."

다테가 가만히 상황을 보다 말했다. 혼은 고개를 끄덕이고 다시 고개를 돌렸다.

그런데, 그 순간 티아의 뒤에 있는 여자와 눈이 마주쳤다.

'저 여자는.'

전날 보았던 이상한 느낌의 여자.

그리고 보니 지금 혼의 팔을 잡고 있는 여자 또한 전날 보았던 여자였다. 물론 전날에는 니나만 뚫어지게 보았지 티아는 신경도 쓰지 않았기 때문에 잘 기억이 나지 않았던 부분도 있었다.

천화는 이미 그 사실을 알고 있었던 것 같았다.

"어쩌죠?"

"뭘 어째, 무시하고 가야지."

혼은 티아의 손을 뿌리쳤다.

"기다려보라고. 나는 티아 칸이라고 한다. 인도자. 맞지? 대화 좀 해볼까?"

혼은 우두커니 멈췄다가 한숨을 내쉬었다.

혹시 신문에라도 난 것일까? 새로운 인도자의 탄생! 그 이름은 혼! 동양인 남자에 메이즈 헌터 길드 소속!

뭐 그런 식으로라도 말이다.

그게 아니라면 이 사람들이 혼이 인도자라는 것을 알 길이 없지 않은가.

혼은 다테를 돌아보더니 말했다.

"너 술 마시고 뭐 자랑하고 다니거나 그런 거 아니지? 우리 길드에 인도자 있다고."

"난 술 마시면 우는 스타일이야."

다테가 고개를 절래 흔들었다.

ㅡ으, 그건 더 싫다.ㅡ

리첼리아도 한마디 거들었다.

"뭘 그렇게 굳어있어. 난 대화를 원할 뿐이야. 점심은 내가 살게. 어때?"

"선택권이 없을 거 같은데."

혼이 말했다.

티아는 고개를 끄덕였다.

"그냥 가면 네가 인도자라고 열심히 떠들 생각이거 든."

"선택지는 없는 거나 다름없군."

브로크데일에서 싸울 수는 없었다. 누구든 싸우는 자는 브로크데일 방위대가 체포하고, 다른 길드의 워커들도 콩고물이라도 얻어먹기 위해 그것을 돕는다.

"그럼 역시 그래도 스테이크가 제일 좋겠지?"

티아는 그렇게 말하며 앞장서서 걸어갔다,

티아가 들어간 곳은 브로크데일에서도 알아주는 비싼 레스토랑이었다.

음식 하나에 점수가 기본적으로 100점이 넘는 곳이었기 때문에 생각이 있는 워커들은 거의 오지 않는 곳이었다.

그만큼 맛은 보장되어 있었지만 맛있게 밥을 먹을 상황은 아니었다.

"방음이 확실한 곳으로 부탁하지."

티아는 방을 잡아들어갔다. 마치 상견례를 하듯 앉은 두 길드는 서로를 어색하게 마주 보았다.

"내가 인도자인건 어떻게 알았지?"

-아 그건 제가 설명해드릴 수 있어요.-

티아가 입을 열기 전에 일루미나가 빛을 냈다. 인간 형태로 돌아온 리첼리아는 행복한 미소를 지으며 앞의 두 여자를 쳐다봤다.

특히 베레모와 안경을 쓴 여자를 말이다.

"아르마티아~, 오랜만이야. 네가 내려가고 이 언니는

너무너무 심심했단다!"

리첼리아를 본 아르마티아의 얼굴이 점점 파래졌다.

"리, 리, 리, 리첼리아?!"

리첼리아는 식탁을 가로질러 날아가 아르마티아를 껴안았다.

리첼리아는 반가워하는 것 같았지만 아르마티아는 그 반대인 듯싶었다.

"왜 하필이면 리첼리아야?!"

"하필이면? 언니 실망이다."

리첼리아는 아르마티아의 가슴을 주무르고 있었다. 니나는 황당한 얼굴로 두 천사의 모습을 쳐다봤다. 리첼리아의 성격을 하는 혼은 신경 쓰지 않고 티아에게로 시선을 돌렸다.

"그쪽도 인도자인가?"

"보다시피."

티아는 숨기지 않았다. 어차피 천사들끼리 알아볼 수 있다면 정체는 들통 난 것이나 다름없었다.

"탄생의 인도자네요. 나랑은 완전 반대."

리첼리아가 잠시 아르마티아를 괴롭히는 걸 멈추고 말했다.

"하아, 하아, 하아."

아르마티아는 삐뚤어진 안경을 고쳐 쓰며 일어났다.

메이즈헌터 129

하지만 곧바로 리첼리아에게 다시 간지럼을 당했다.

그렇게 잠시, 리첼리아는 아르마티아의 의자를 혼의 옆으로 끌고 와 앉았다. 아르마티아는 훌쩍이며 니나의 옆에 가만히 서 있었다.

"왜? 언니가 앉는데 불만 있어?"

"언니도 아니면서."

"진짜 언니에요?"

천화가 리첼리아에게 물었다.

"아니, 다 동갑. 그래도 서열이 있지. 서열이."

"서열도 내가 위인데."

"뭐, 죽음은 끝에 오는 거니까. 탄생은 시작이고."

리첼리아가 쿨하게 인정을 하며 다리를 꼬았다.

천사들의 난동이 끝이 나고, 음식이 들어왔다. 샐러드와 차가운 음식이 몇 개 올라오고 나서야 리첼리아는 조용해졌다.

"좋은 천사를 뒀군."

"천사로 보이나? 악마로 보이는데."

"그럼 뭐 슬슬 본론으로 들어가 볼까?"

티아가 포크로 방울토마토를 집어 보이며 미소를 지었다.

혼은 그녀의 사악한 미소를 보며 똑같은 미소를 지었다.

"다 왔군."

브로크데일의 입구.

두 명의 남자와 한 여자가 서 있다. 윈드라를 비롯한 쥬엔과 아퀼라였다.

"드디어."

아퀼라가 주먹을 꽉 쥐었다.

190의 키에, 다부진 몸매. 하지만 깔끔하게 생겨 조폭이나 군인처럼은 보이지 않았다.

현실 세계에서 그의 직업은 격투기 선수였다.

거뭇거뭇하게 턱과 볼을 감싼 수염과 작은 얼굴. 딱 봐도 아퀼라는 라틴계 쪽의 특성을 전부 가진 미남이었다.

"길드명과 인원수를 말하라."

"레드 핸드. 3명."

레드 핸드가 도시에 들어와 있는지를 체크한 남자는 곧바로 문을 열어주었다.

브로크데일의 안으로 들어온 윈드라는 곧장 행동을 개시했다.

"단서라고는 3인조에, 동양인이라는 것뿐이다. 아퀼라는 상점가를 돌아다니며 의심되는 자들을 찾아보아라. 나는 드라커의 작전을 이행하도록 하겠다."

아퀼라가 고개를 끄덕였다.

"잘 알겠소. 대장."

"섣부른 행동은 하지 마라."

쥬엔이 정색을 하며 말했다.

아퀼라가 섣부르게 인도자를 공격한다면 브로크데일 안에서 활동이 힘들어진다. 어디까지나 인도자가 누구인지를 확인한 뒤 브로크데일 밖에서 제거를 해야 했다.

"걱정 말라고. 난 그렇게 멍청하지 않으니까."

"감정은 판단을 흐리게 한다. 드라커랑 가장 친한 건 너였으니까."

쥬엔의 말대로 아퀼라와 드라커는 절친한 사이였다. 최초의 미궁에서 윈드라와 함께 건너온 4명.

쥬엔, 드라커, 그리고 아퀼라.

이 셋은 레드 핸드의 초기시절부터 고생을 같이해온 진정한 의미의 동료였다.

아퀼라와 드라커는 원래 둘이서 미궁을 탐험하던 워커였다. 그러던 중 윈드라와 쥬엔을 만나 레드 핸드를 만든 것이다.

그만큼 아퀼라에게 있어 드라커는 동료 그 이상이었다.

미궁에서 만난 가족.

처음으로 생긴 믿을 수 있는 친구.

아퀼라는 깊게 숨을 들이마셨다.

"미궁 생활이 몇 년인데 감정에 휘둘리겠냐? 걱정하지 말라고."

아퀼라는 손을 흔들며 멀어져갔다.

"쥬엔. 가자."

윈드라는 아퀼라가 멀어지는 모습에서 눈을 떼고 앞으로 걸어나갔다.

중앙관리위원회.

검은 벽, 그리고 벽에 그려진 조각들과 장식품을 윈드라는 매섭게 노려보았다.

"들어가자."

드라커의 작전.

그것은 모베라를 차지하고 그와 동시에 브로크데일을 압박해 모베라를 더 굳건히 지킬 수 있는 무기를 확보하는 것.

아울러 나아가서는 다른 왕국이나 길드와의 전투에서 우위를 점하고 영토를 넓혀가는 것.

드라커는 목숨을 바쳐 그 원대한 계획의 첫 단추를 끼웠다.

이제는 윈드라의 차례였다.

드라커가 남기고 간 작전을 수행해야 한다.

윈드라는 티아처럼 길드명을 말하고 미셸 신더벨을 기다렸다.

미셸은 중앙관리위원회 건물 안 자신의 사무실에 있었기 때문에 1분도 되지 않아 회의실에 모습을 드러냈다.

"안녕하세요. 브로크데일 대표 미셸 신더벨입니다."

미셸은 고개를 살짝 숙이며 인사를 한뒤 자리를 잡고 앉았다. 그녀와 같이 들어온 사무장은 미셸과 윈드라의 눈치를 보다 입을 열었다.

"하하하, 요즘 브로크데일에 큰 길드 분들이 많이 오시네요."

"그러게요. 사무장님."

미셸이 싱긋 웃어 보인 다음 윈드라를 쳐다봤다.

윈드라가 찾아오는 것은 이미 예상한 바이다. 야롱이 오고 나서 거의 곧바로 레드 핸드가 브로크데일에 도착하는 것까지는 예상하지 못했지만.

미셸은 이미 대답까지 준비해놓은 상태였다. 그러나 그녀는 아무것도 모른다는 듯이 태연하게 입을 열었다.

"레드 핸드가 여긴 무슨 일로 오셨습니까?"

"모베라의 소식을 들었나?"

미셸은 잠시 생각하는 척을 하더니 조심스럽게 말했다.

"거대한 폭동은 신문에서 봤습니다."

"모베라의 주인이 바뀌었다. 오늘부터 브로크데일과 모베라가 하던 거래는 전부 일시중지된다."

미셸은 깍지를 낀 상태에서 검지를 꼼지락거렸다.

예상은 했지만 실제로 우려하던 상황을 맞이하니 머리가 멍해졌다.

"거래가 일시중지된다면, 재개할 방법도 있겠군요."

"물론. 쥬엔."

윈드라는 팔짱을 등받이에 기대앉았다. 쥬엔은 살짝 몸을 앞으로 당겨 앉으며 말했다.

"큰 걸 바라지 않습니다. 전략 무기의 거래를 레드 핸드에게만 허용할 것. 또한 브로크데일에 레드 핸드의 길드원은 제한 없이 들어올 수 있게 해줄 것. 이 두 가지만 약속해주면 모베라와의 거래는 계속될 것입니다."

쥬엔은 감정이 담기지 않은 목소리로 마치 대본을 읊듯이 말했다.

생각보다는 나쁘지 않은 조건이었다.

브로크데일은 어떻게든 모베라와 계속 거래를 해야 했다. 레드 핸드의 조건은 서로 윈윈하자는, 잃을 것이 없는 조건이었다.

물론 전략 무기를 레드 핸드에게 제공하는 순간 다른 길드가 브로크데일을 적으로 인식하겠지만 대놓고 공격하는 길드는 없을 것이다.

만약 한 길드가 브로크데일을 공격하면 그 길드와 대립하고 있는 길드에 무기를 제공하면 되니까.

하지만 평화는 깨진다.

'그리고 다른 문제도 있지.'

미셸은 답답한 마음에 앞머리를 쓸어올렸다.

포사토이오.

현재 브로크데일 안에 있으며 바로 전날 비슷한 제안을 했던 왕국.

레드 핸드와 포사토이오, 둘 중 하나와는 완전히 적이 되는 것이다.

포사토이오의 손을 잡고, 모베라의 탈환을 요청하면 아마 포사토이오의 여제는 그 제안을 수락할 것이다.

하지만 그렇게 되면 브로크데일은 전쟁에 참가해야 한다.

반대로 레드 핸드의 손을 잡으면?

포사토이오는 브로크데일을 용서하지 않을 것이다.

과연 브로크데일과 레드 핸드가 포사토이오와 싸워 이길 수 있을까?

그 부분은 회의적이었다.

"잠시 생각을 해도 될까요?"

"하루 정도는."

윈드라가 딱 잘라 말했다.

미셸은 한숨을 쉬더니 입을 열었다.

"사실 포사토이오의 여제가 브로크데일과 거래를 하고 싶다 제안한 것이 어제입니다."

윈드라와 쥬엔의 얼굴은 굳어졌다.

미셸은 올커니 속으로 박수를 치며 말을 이어갔다.

"레드 핸드분들도 아시겠지만 포사토이오는 강대한 왕
국입니다. 여제가 직접 와서 하는 거래제안을 쉽게 거절
할 수 없어 보류해놓은 상황입니다."

미셸은 능청스럽게 깍지로 턱을 괴며 말했다.

"이거 참. 곤란하게 됐습니다. 저는 어느 쪽도 선택하기
힘들군요. 마침 여제는 이 도시에 있습니다. 여제가 있는
곳을 알려 드릴테니 직접 대화를 해보시겠습니까?"

쉽게 풀어 말하자면, 브로크데일은 이기는 편에 서겠다
는 것이다.

레드 핸드와 포사토이오가 담판을 지으면 훗날의 위험
이 어느 정도는 사라진다.

예를 들어 브로크데일이 레드 핸드와 거래를 한다면 그
것은 브로크데일의 선택이 아닌 포사토이오와 레드 핸드
의 협상에서 만들어진 선택이라는 것이다.

책임을지지 않겠다.

너희들끼리 알아서 정해라.

미셸의 말을 이해한 윈드라는 뭐 씹은 표정으로 자리에
서 일어났다.

"여제라. 그래, 그럼 여제는 어디 있는가?"

"사무장님, 여제는 지금 어디 계시죠?"

"가장 최근 들어온 정보는 코어 레스토랑에서 식사 중이시라고……."

"가까운 곳에 계시네요."

미셸은 미소와 함께 말했다.

"걸어서 5분 거리입니다. 부디 평화롭게 대화로 해결해서 저에게 알려주세요. 기다리고 있겠습니다."

"가자. 쥬엔."

윈드라는 회의실 문을 신경질적으로 열었다.

"여우 같은 년."

들으라고 딱 적당한 크기로 말한 것 같았으나 미셸은 칭찬으로 듣고 미소를 지었다.

윈드라와 쥬엔이 나가고, 미셸은 길게 숨을 내쉬며 천장을 바라봤다.

"미친 새끼들 왜 남의 도시에서 지랄이야."

❖

"인도자가 어떤 가치를 가졌는지 알고 있나?"

"어느 정도는 알고 있지."

모른다고 할 수는 없다. 이 본격적인 미궁에 넘어온 지 얼마 되지 않는다는 것을 굳이 다른 길드에게 알려줄 필요는 없기 때문이다.

"인도자는 예를 들면 영웅이라고 할 수 있어. 영국의 넬슨 제독, 대한민국의 이순신, 카르타고의 한니발. 남들과는 다른 인재. 존재하는 것만으로도 차이를 만드는 그런 존재."

"그것참 대단한 가치를 가졌군."

"진짜야. 난 과장하지 않아."

티아는 매혹적인 미소를 지으며 혼에게 얼굴을 들이밀었다.

"그래서 말이야. 난 그 핵을 두 개 가지고 싶거든. 탄생과 죽음. 잘 어울리는 커플 아니야?"

"고작 그런 말로 그런 위인들이 등용되던가?"

혼의 반응에 티아는 등받이에 기댔다.

"절대로 나쁜 대우는 안하지. 들어오면 너희 동료들도 전부 간부로 올려주겠어. 어차피 미친놈들이나 살아남는 곳이 미궁이야. 그놈들을 믿느니 인도자를 믿고 가는 편이 낫지."

티아는 전형적인 리더였다.

따뜻하게 모두를 돌보는 스타일이 아니라 강인한 카리스마와 무력으로 지배하는 스타일이었다.

그녀에게 반한 많은 워커들이 포사토이오에 들어왔지만 티아는 그들을 믿지 않았다.

믿음이라는 것은 지도자가 절대로 가져서는 안 되는 것

이라고 티아는 생각했다. 누군가를 믿지 않고 항상 의심하는 것으로 최악을 면할 수 있기 때문이다.

그렇기에 포사토이오의 간부가 되는 것은 매우 힘든 일이었다.

"참고로 간부는 나나 뿐이야. 너희는 포사토이오의 주축이 될 수 있다는 거지."

"나를 어떻게 믿고?"

혼이 티아를 비웃듯이 웃으며 말했다.

"못 믿을 것도 없잖아? 너희는 길드를 유지하고 있어. 다른 길드에 아직 굴복하지 않은 거지. 또한 인도자를 우리 팀 간부로 만들어 생기는 위험과 적 간부가 되어 생기는 위험도와 비교하면 뭐. 비교할 것도 없지 않나?"

"싫다고 하면?"

"알고 있을 거 같은데."

포사토이오는 전력을 다해 혼을 죽이려고 할 것이다.

7대 길드를 적으로 돌리고 나서 3왕국 중 한 곳까지 적으로 돌릴 수는 없었다.

게다가 티아의 조건은 파격적이었다. 혼은 소속되는 것을 싫어했지만 고작 한 명밖에 없는 포사토이오 왕국의 간부라면 절대 나쁜 자리가 아니었다.

"딱 하나 만약 너희가 우리 왕국으로 들어오기로 한다면 우리와 함께해줄 일이 있어."

"역시 공짜는 아니네."

이게 본론이었다.

매력적인 제안. 아무리 인도자라 할지라도 3명밖에 없는 메이즈 헌터로서는 도저히 거부할 수 없는 그런 제안을 티아는 한 것이다.

그렇다면 거기에는 조건이 붙기 마련이었다.

"우리와 함께 브로크데일을 차지하는 데 힘써줬으면 좋겠어. 어차피 둘이서 하려고 했지만 인도자가 방해하면 그건 또 골치 아프거든."

"브로크데일을?"

혼이 살짝 인상을 쓰며 되물었다.

"그래. 아무래도 이 브로크데일은 나의 친절한 제안을 거절할 것만 같거든. 그래서 무력으로 먹으려고."

"고작 둘이서 먹을 생각이었나?"

"새명인데……."

아르마티아가 중얼거렸지만 그 누구 하나 신경 쓰지 않았다.

"난 가능해."

티아가 자랑스럽게 가슴을 쳤다.

"나만이 가능하지. 나는 인도자나 랭커급의 강자만 없다면 혼자 전부 처리할 수 있다."

"랭커급 강자가 있다면?"

"원래는 니나와 아르마티아가 처리하지. 그런데 솔직히 니나는 별로 안 믿기거든. 너희 길드라면 뒤가 든든할 거 같아서 말이야."

"혼씨, 브로크데일에서 전쟁을 하겠다는 말 같은데요."

천화가 혼의 귀에 대고 속삭였다.

"그 말이 맞아."

"그럼 미셸씨는요? 야롱이는요?"

혼은 천화를 흘깃 바라봤다. 그녀의 가슴팍에서 하양이가 고개를 빼꼼 내밀었다.

아직 말은 못하지만 뭐라고 말하는지를 알 것만 같았다.

하양이는 원래부터 천화를 아꼈으니까, 분명 천화의 말을 따라달라는 것이겠지.

하지만 왕국은 적으로 돌릴 수 없다.

선택권은 없다.

선택권이 없는 혼에게 저런 VVIP급 대우를 해주는 티아라는 인물은 정말로 인재를 사랑하는 것이었다.

혼이 잠시 고민하자 티아가 말했다.

"일이 잘 풀리면 브로크데일은 너한테 줄게. 관리해. 최전방이기도 하니까."

도시의 주인이 되어라.

혼은 그 말에 피식 웃었다. 파격적이어도 너무 파격적

이었다.

"역시 여제는 통이 크네."

"여제라서 통이 큰 게 아니라 통이 크기 때문에 여제가
된 거야."

혼은 고개를 끄덕였다.

"그래서 뭘 하면 되지?"

"특별히 강해 보이는 녀석들을 처리해주면 돼. 몇 명은
내 옆에서 나를 보조해도 좋고."

도시를 얻을 경우 순식간에 혼과 다테를 트라이 마스터
로 만들 수 있었다. 게다가 미궁에서 돌아다니는 것보다
한 곳에 박혀 천천히 수색하는 것이 신의 보옥이라는 것
을 찾기도 쉬울 것이다.

"좋아. 하지만 우리도 조건이 있다."

"말해 봐."

"일단 너희 길드로 들어가지는 않겠다. 상황이 어떻게
급변할지 모르니. 일은 도와주도록 하지. 일이 끝나면 포
사토이오에 합류하겠다."

"좋아. 나의 역량을 재보겠다는 건데. 그 정도 무례는
봐주지."

"시원해서 좋네."

혼은 잔을 들어 티아에게 건넸다. 티아는 미소로 화답
하며 잔을 들었다.

그 순간.

"손님, 여기에는 다른 분들이 계셔서."

"비키라는 소리 못 들었냐?"

밖에서 두 여자의 목소리가 들렸다. 그리고 곧바로 방문이 열리며 한 남자가 들어왔다.

남자는 티아와 혼을 번갈아 보더니 어이가 없다는 듯이 웃었다.

남자는 윈드라였다. 그의 뒤로 쥬엔이 따라 들어왔다. 쥬엔은 음식을 먹고 있는 리첼리아와 아르마티아를 둘러보고는 혼에게 시선을 고정했다.

"단장님, 저거……."

"알고 있다."

두 사람은 단번에 혼이 드라커를 죽인 인도자라고 확신할 수 있었다.

리첼리아는 외모로 보나 분위기로 보나 인간과는 완벽히 다른 생명체였다.

딱 보기에도 천사.

그것이라고 생각할 수 있었다. 천사가 딸린 인간이라면 인도자.

동양인 3인조에 인도자인 조합이 어디 또 있을까.

윈드라는 혼의 얼굴을 눈에 새기고 티아에게로 시선을 옮겼다.

금발의 미녀.

포사토이오의 여제. 티아 칸.

"포사토이오의 여제를 뵙겠습니다."

"그쪽은?"

"레드 핸드의 길드장. 윈드라라고 합니다."

레드 핸드라는 말을 듣자마자 천화가 혼의 손을 잡았다. 혼은 진정하라는 듯이 천화의 손을 툭쳤다.

그들이 혼에 대해 알 리가 없다. 아니, 안다고 하더라도 브로크데일에서 그들이 할 수 있는 것은 없다.

"급하게 할 말이 있어서 무례를 무릅쓰고 이렇게 들어왔습니다. 앉아도 될까요?"

"허락하지."

티아는 밖에 서 있는 종업원에게 외쳤다.

"두 자리 더 준비해줘요."

종업원이 의자를 가지고 오고 윈드랑와 쥬엔은 식탁의 끝에 앉았다.

쥬엔은 부담스럽게 혼을 노려보고 있었다.

"아무래도 아는 거 같죠?"

천화가 혼을 툭치며 말했다. 혼은 조용히 고개를 끄덕였다.

"괜찮아. 우린 포사토이오니까."

"이야, 이거 맛있네."

다테가 쩝쩝거리며 스테이크를 썰다가 손가락을 튕기며 와인을 더 주문했다.

"천화야. 이럴 때일수록 먹는 게 남는 거다. 비싼 거니까. 아까 점수 보니까 하나에 150점도 하더라고. 지금 내가 시킨 와인만 한 잔에 50점이다."

"그거 좋네. 먹자고."

혼도 다테의 의견에 동의했다.

혼이 할 수 있는 일은 많이 없다. 이미 포사토이오와 협력을 한 이상 티아의 명령을 들을 뿐이었다.

윈드라가 미친놈이라 혼을 죽이려고 달려든다면 포사토이오의 여제가 지켜줄 것이다. 반대로 윈드라가 생각을 할 줄 아는 놈이라면 감히 포사토이오의 사람을 건드리겠는가.

걱정할 것은 없다.

혼은 맛있게 식사를 즐겼다.

윈드라는 앉자마자 본론을 꺼냈다.

"여기 계신 분들은 어떤 길드의 분들입니까? 분명 브로크데일에는 3명밖에 못 들어올 텐데요. 포사토이오 왕국이라도 말입니다."

"아, 이쪽은 이제부터 우리 길드 소속이다. 아직 정식으로 들어오지는 않았지만."

"아, 그러면 도시 안에서 회유를 하신 겁니까?"

"그렇다."

윈드라는 흥미롭다는 듯이 혼에게로 시선을 돌렸다.

"혹시 모베라라고 아십니까?"

혼은 스테이크를 씹으며 순진무구하게 생각을 시작했다.

"아아, 신문에서 본 적이 있는 거 같군요. 분명 이번에 거대한 폭동이 난 그 도시 말이군요. 이 바로 옆인 건 알고 있습니다. 근데 그건 왜……?"

"아닙니다."

윈드라는 미소로 대답했다.

모베라를 아느냐라고 물어본 것은 일종의 함정 질문이었다.

윈드라는 혼에게 모베라에 물으면 십중팔구 발뺌을 할 것으로 생각했다.

하지만 그것은 혼이 인도자라는 증빙밖에 되지 않는다. 미궁의 워커들은 반 필수적으로 신문을 매일 읽어야 한다.

정보가 그만큼 소중한 곳이 이 미궁이라는 곳이다.

모베라의 대한 기사는 한 면을 가득 채울 만큼 큰 뉴스였다.

즉 워커라면 모베라에 대해 모를 수가 없다.

혼은 함정질문을 잘 피해갔다. 하지만 그렇기에 윈드라는 더욱더 혼이 인도자라 확신했다.

'머리가 굴러가는 놈이니까 드라커를 죽였겠지.'

윈드라는 다시 티아에게로 시선을 돌렸다.

"이야기가 다른 곳으로 샜군요. 그럼 다시 본론으로 돌아가서. 방금 미셸 신더벨을 만나고 오는 길입니다."

"아, 브로크데일 대표 말이군."

티아는 표정을 굳히며 말을 이어갔다.

"근데, 미셸은 왜?"

"브로크데일과 거래를 하기 위해서죠."

"거래라면?"

"뭐 그런 게 있습니다. 어쨌든 미셸 신더벨은 포사토이오와 협상 중이라며 어느 한쪽을 택할 수 없다고 하던데요."

"아……. 그 여자가 그랬어?"

티아는 잠시 혼을 쳐다보며 물을 들이켰다. 혼은 그녀의 눈빛에서 그녀가 수많은 경우의 수를 머릿속으로 돌리고 있다는 사실을 알 수 있었다.

티아는 10초 정도를 아무 말 않고 천천히 물을 들이켜다 잔을 식탁에 내려놓았다.

"그거 결렬됐어. 그러니까 이제 브로크데일과 포사토이오는 무관계. 그런 말이지."

"사실입니까?"

윈드라의 얼굴에 당황함이 살짝 드러났다.

윈드라는 꽤 많은 협상카드를 들고 왔다. 포사토이오가 브로크데일을 그냥 포기하지는 않을테니 서로 도움이 되는 쪽으로 가야 했다.

어쨌든 레드 핸드에게는 모베라라는 협상에 좋은 카드가 있으니 어떻게 타협이 될 것이라 윈드라는 생각했다.

그런데 이렇게 깔끔하게 해결되다니.

예상치도 못한 티아의 말에 윈드라는 다시 한 번 확인했다.

"그러니까 브로크데일에서 손을 떼겠다는, 그런 말입니까?"

"뭐 대충은."

윈드라는 그제야 미소를 지었다.

"그럼 그걸 미셸 신더벨에게 말해주어야 할 거 같으니 문장 하나만 써주실 수 있겠습니까? 브로크데일과의 협상은 결렬되었다고."

"그러지."

티아는 창고에서 종이를 꺼내 윈드라가 원하는 내용을 적어주었다.

마지막에 인장까지 쾅.

윈드라는 재빨리 티아에게서 종이를 받아 일어났다.

"뭐, 문제는 해결된 거 같으니. 이만 가보겠습니다."

"수고하라고."

"가자 쥬엔."

윈드라는 뚫어지게 혼을 쳐다보는 쥬엔을 데리고 밖으로 나갔다.

그렇게 두 사람이 나가고 혼은 가만히 티아를 쳐다봤다.

티아는 입맛을 다시다가 뭐가 재밌는지 입꼬리를 올렸다.

그리고는 혼자 큭큭거리며 웃다가 이내 박장대소하기 시작했다.

"하하하하하! 재밌어! 재밌어! 이야, 이게 이렇게 흘러가네."

혼은 조용히 스테이크를 입에 넣었다.

"레드 핸드가 모베라를 먹었지? 그치?"

티아는 혼에게 물었다. 혼은 어깨를 으쓱했다.

"그걸 왜 나한테 묻지."

"어이, 같은 배 탔잖아. 정보는 공유해야지. 너 모베라에서 왔잖아. 저 윈드라랑 같이 온 여자가 너 죽으라고 저주하면서 쳐다보던데 말이야. 무슨 일 있었는지는 안 말해도 돼. 모베라, 레드 핸드가 먹었지?"

"왜 그렇게 생각하지?"

"고작 레드 핸드가 브로크데일을 넘본다. 그럼 브로크데일을 압박할 수 있는 강력한 카드를 쥐었다는 건데. 그게 모베라 밖에 더 있겠어?"

"그 말대로다."

"그럼 말이야. 모베라도 같이 먹어야지."

티아는 니나와 아르마티아를 보며 말했다.

"그지?"

"하하하, 우리는 잘 모르겠는데."

니나와 아르마티아는 그저 묵묵히 식사할 뿐이었다. 신경을 써도 괜히 머리만 아픈 일은 질색이었으니까.

티아는 혼을 슬쩍 쳐다봤다.

"한 마디로 브로크데일을 치는 김에 레드 핸드도 쳐서 모베라까지 차지하겠다. 그 말이지?"

"이해가 빨라서 좋네. 참모장 할래?"

"사양하지."

혼은 마지막 조각을 입에 넣어 꼭꼭 씹은 뒤 냅킨으로 입을 닦았다.

"하지만 문제는 있지."

"뭔가?"

"브로크데일의 병력. 레드 핸드를 치려고 해도 그들이 브로크데일과 거래를 성사시킨 뒤라면 우리는 브로크데일의 병력을 상대해야 해. 레드 핸드를 상대함과 동시에 말이지."

"아, 그거라면 별로 신경 쓸 필요가 없다."

혼은 무덤덤하게 말을 이어갔다.

"우리가 모베라 독립군을 하면 되니까. 브로크데일은 모베라와 친구라 들었는데. 그럼 우리를 지원하겠지."

"호오~."

티아는 어린 아이처럼 흥분하며 고개를 끄덕였다.

"그런데 우리가 독립군으로 인정받을 수 있을까?"

"모베라의 대표가 인정한 독립군이면 되겠지."

혼은 사악한 미소를 지었다.

"나한테 그 대표가 있거든."

티아는 앞머리를 쓸어올리며 초롱초롱한 눈으로 혼을 쳐다봤다.

"야, 너 참모장 해라."

"사양하지."

혼은 자리에서 일어나며 말했다.

"다시 연락하지. 가자."

천화와 다테, 그리고 리첼리아가 동시에 일어나 혼의 뒤를 따라 나갔다.

❖

"그 녀석입니다. 드라커를 죽인 놈이 말입니다."

쥬엔은 윈드라의 방까지 따라 들어오며 했던 말을 계속

했다. 윈드라는 굳이 대꾸하지 않고 신경질적으로 재킷을 벗어 던졌다.

"그래서 어쩌라는 거냐?"

"복수해야 합니다."

쥬엔은 강한 어조로 말하며 윈드라를 쳐다봤다. 윈드라는 그런 쥬엔과 눈빛을 교환하다가 고개를 절래 흔들었다.

"포사토이오와의 전쟁을 원하는가? 아니면 복수에 눈이 멀어 뭐가 중요한지 보지를 못하는 건가?"

"그래도 드라커는……."

"드라커는 우리가 싸우는 걸 원치 않을 것이다."

드라커가 살아있었다면, 만약 죽은 것이 드라커가 아니라 아퀼라나 쥬엔이 죽었다면 드라커는 이 상황에서 복수하지 않았을 것이다.

복수는 미뤄놓고 대업을 위해 움직였을 것이다.

그게 드라커다.

드라커는 결코 현재 상태에서 억지로 복수를 하는 것을 원하지 않을 것이다.

"일단 미셸이 답을 줄 때까지는 기다린다."

미셸은 하루만 생각해보겠다고 하고 돌아갔다. 그녀도 포사토이오가 쉽게 포기한 것이 충격적이었는지 그 뒤로는 제대로 말을 이어가지 못했다.

윈드라는 그녀에게 딱 하루만 주었다.

미셸이 할 수 있는 대답은 정해져 있다. 내일이면 왕국 레드 핸드의 시대가 열리는 것이다.

"그래서 발견하고도 그냥 돌아왔다?"

문뒷쪽에서 목소리가 들려왔다.

윈드라와 쥬엔은 동시에 고개를 돌렸다. 아퀼라가 윈드라를 노려보고 있었다.

"발견했는데도 그냥 돌아왔다. 그리고 뭐? 복수를 포기한다고?"

"상황이 그렇게 됐다."

아퀼라는 어이가 없다는 듯이 고개를 돌리며 피식 웃었다.

"뭔 개소리야? 대장."

"말조심해라. 아퀼라."

"개소리를 개소리라 했는데 뭐가 문제인가. 쥬엔. 너도 이해 안 되잖아. 드라커는 레드 핸드가 강해지고나서 들어온 다른 놈들과는 다르다는 거. 대장도 알 텐데."

"알지."

윈드라는 아퀼라의 코앞까지 걸어갔다.

"그래서 그런거야. 드라커는 다르니까. 나를 원망하지 않을테니까."

윈드라는 아퀼라의 어깨를 툭쳤다.

"복수의 기회는 많다. 훗날 녀석의 목은 꼭 네가 칠 수 있게 해주마. 아퀼라."

아퀼라는 아랫입술을 깨물었다.

그의 머릿속에는 오로지 드라커를 죽인 남자를 어떻게 요리할지, 그것뿐이었다. 쥬엔은 아퀼라의 표정에서 그것을 읽고 한 마디를 더했다.

"섣부른 행동······."

"알았다고. 알았어."

아퀼라는 항복이라는 듯 양손을 들고 빙글 돌아 문밖으로 나갔다.

"조금, 아주 조금만 더 기다려주지."

❖

혼은 다시 미셸의 집으로 돌아갔다.

현관문을 열고 들어선 혼은 혼자서 진갈색의 술을 마시고 있는 미셸을 발견할 수 있었다. 혼 일행은 그 이유가 무엇인지 알고 있었다.

레드 핸드와 협상이 사실상 끝났기 때문이다.

"어? 나간 거 아니었나?"

미셸은 혼을 발견하고는 웃어 보였다.

"일이 좀 있어서 말이야."

혼은 미셸의 앞에 앉았다. 그리고는 천화와 다테를 돌아보았다.

"얘기할 게 있으니 잠시 자리 좀 비켜주겠나?"

"그럴게요."

천화는 고개를 끄덕인 뒤 다테를 끌고 방으로 들어갔다.

미셸과 단둘이 남은 혼은 주변을 돌아보며 말했다.

"야롱이는, 콘도 치웠더군."

"안에 들어가 있다. 그런데 할 얘기가 뭐지?"

"아, 별건 아닌데."

혼은 잠시 뜸을 들이다가 입을 열었다.

"나도 협상 좀 하려고."

미셸이 한쪽 눈썹을 치켜떴다.

다음 날. 이른 아침.

미셸은 중앙관리위원회에 가장 먼저 출근했다. 윈드라가 오기로 한 시간은 오후 2시. 그전까지 모든 준비를 마칠 필요가 있었다.

빠르게 시간은 흘렀다. 2시에 맞춰 윈드라와 쥬엔, 그리고 아퀼라가 중앙관리위원회 앞에 도착했다.

그와 동시에 안에서 티아가 나왔다. 윈드라는 티아 칸을 보고 살짝 의아해했지만 이내 웃는 얼굴로 말했다.

"여긴 또 무슨 일로 오셨습니까?"

"아, 뭐 까먹고 간 게 있어서 말이야."

계단 위에 서 있는 티아와 계단 밑에 서 있는 윈드라.

두 사람 사이에 묘한 신경전이 오갔다.

윈드라는 그렇게 잠시 티아를 바라보다 다시 발걸음을 옮겼다.

티아가 중앙관리위원회에 다시 왔든 안 왔든 상관없다. 이미 그녀에게서 브로크데일과의 협상은 끝이 났다는 증서를 받았기 때문이다.

티아는 윈드라가 한 걸음을 내딛자 손을 들었다.

"잠깐만. 거기 멈춰봐."

윈드라는 고개를 들었다. 티아는 손에 30cm 정도 되는 길이의 캡슐을 들고 있었다.

그녀는 캡슐을 흔들고 버튼을 누른 뒤 땅에 놓았다.

"이게 뭘까?"

윈드라는 대답하지 않고 캡슐을 노려봤다. 3초가 지나고 캡슐 뚜껑이 폭발하며 무언가가 하늘로 치솟았다.

하늘로 치솟은 무언가는 하얀 구름을 만들기 시작했다. 그것은 마치 현실 세계에서 비행기가 하늘에 글씨를 쓰는 것과 같이 점점 형태를 잡아갔다.

완성된 문장을 본 윈드라는 인상을 찡그렸다. 쥬엔과 아퀼라 역시 눈을 동그랗게 뜨고 굳어버렸다.

브로크데일은 모베라의 자유를 위해 싸운다. 레드 핸드의 3인방. 윈드라, 쥬엔 그리고 아퀼라를 잡으라 — 미셸 신더벨.

"이 년이⋯⋯."

윈드라는 이를 갈며 티아를 노려봤다.

미셸은 포사토이오쪽에 붙은 것이다. 분명히 협상은 결렬되었다 티아가 말했었지만 그건 아무래도 거짓인 듯싶었다.

그런데 왜?

왜 브로크데일은 포사토이오에 붙었을까?

포사토이오에 붙나, 레드 핸드에 붙나 브로크데일의 운명은 정해진 것이었다. 포사토이오가 더 강해서? 하지만 그만큼 더 위험도도 높다.

포사토이오는 분명 언젠가는 브로크데일을 흡수하려 들것이다.

미셸은 총명한 사람이었다.

그런 그녀가 그것을 모르고 있을 리가 없다. 윈드라의 머릿속에는 계속해서 왜라는 질문이 떠올랐다.

그러나 그건 지금 중요한 문제가 아니었다.

"이건 내가 모베라 자유군이라는 증거."

모베라의 대표는 야롱이었다. 야롱은 코렐의 손녀로 그의 말을 전하는 가장 믿을 수 있는 전령이었다.

티아 칸의 손에는 그 야룽의 인증서가 들려있는 것이었다.

"그럼 우리 악당 레드 핸드는 이 자리에서 죽어주실까?"

"아니, 죽는 건 너희다."

아퀼라가 양팔을 강화하며 외쳤다.

"지금 이 자리에서 여제를 죽인다."

아퀼라가 마치 황소처럼 티아를 향해 달려들었다. 그러나 그의 주먹이 티아에게 닿는 일은 없었다.

"이런, 이런. 여제를 만나려면 예약이 필요한데."

그의 앞을 한 동양인 남자가 가로막았다.

아퀼라는 그가 드라커를 죽인 인도자라는 것을 단번에 알아보았다.

"네 녀석이구나."

혼은 고개를 갸웃거렸다.

"날 아나?"

태연하게 모르는 척. 그런 혼의 반응이 아퀼라의 속을 더 긁었다.

"비켜라, 아퀼라!"

윈드라는 땅을 내려쳤다. 진갈색의 합금이 땅에서 뽑혀나와 혼을 향해 날아갔다. 아퀼라는 그에 맞춰 위로 점프를 뛰었다.

합금은 혼을 무자비하게 강타했다. 리첼리아가 순식간에 방패로 변해 막아주었지만 그 충격으로 인해 혼은 멀리 날아갔다.

윈드라의 생각도 아퀼라와 같았다.

포사토이오의 여제가 아무리 강하라더라도 한 명의 각성자일 뿐.

지금 제거를 하면 끝이다.

"아르마티아. 소즈다니예."

니나가 옆에서 아르마티아에게 외치자 아르마티아의 모습이 커다란 붓으로 변했다. 니나는 순식간에 방패를 그렸고, 그것은 이내 실체화해 티아와 니나의 앞을 가로막았다.

방패는 윈드라가 날린 합금을 맞고도 멀쩡했다.

"자, 그럼."

니나는 곧이어 티아의 주변에 벽을 세웠다.

창조의 능력.

그것이 탄생의 인도자가 가진 능력이었다. 붓으로 그린 것이 그대로 그 모습을 드러내는 것.

게다가 인도자의 상상으로 만든 설정이 그대로 녹아든다.

만일 니나가 그 어떤 공격에도 부서지지 않는 강도를 설정한다면 그 설정 그대로 방패가 만들어지는 것이다.

니나가 만든 벽 안.

안전해진 티아는 작게 중얼거렸다.

"원(元) Army of Great Britain. (대영제국의 군대)."

그녀의 말이 끝나기가 무섭게 공중으로 전투기 세 대가 날아갔다. 게다가 최신식 무기로 무장한 군대가 중앙관리위원회 건물 안에서 튀어나와 포진했다.

"발사!"

티아의 외침과 함께 그녀의 병사들이 방아쇠를 당겼다.

윈드라는 곧장 대지를 들어 올려 방어했다.

"일단 도망친다!"

공중에서도 기관총이 발사되었다. 윈드라는 합금으로 전투기를 파괴한 뒤 아퀼라와 쥬엔을 데리고 도망쳤다.

"자, 숨어보라고. 레드 핸드의 쥐새끼."

티아는 육성으로 웃으며 중앙관리위원회 건물 안으로 들어갔다.

티아가 소환한 탱크를 비롯한 지상군은 윈드라의 뒤를 쫓았다. 아퀼라가 앞에서 윈드라의 앞을 가로막는 브로크데일의 방위군을 물리쳤다.

"숨어! 숨어!"

상인들은 각자의 상점 안으로 들어갔다.

"골칫거리를 팔아서 운 좋은 날인 줄 알았는데!"

한 가게의 노인은 혀를 쯧쯧 차며 고개를 절래 흔들었다.

평화로웠던 브로크데일의 거리는 완전히 난장판이 되어 있었다.

그 시각, 저 멀리 날아가 벽에 박힌 혼은 공중을 돌아다니는 전투기를 보며 감탄했다.

"우와~. 저런 능력도 있었어?"

-참 꼴사납게 날아갔네요. 그래도 죽음의 인도자인데.-

"작전이잖아? 이 정도야 뭐."

혼은 몸을 털고 일어났다.

"이제 시작이네."

혼은 미소와 함께 첫 발걸음을 내디뎠다.

NEO MODERN FANTASY STORY & ADVANTURE

메이즈
헌터

4

Maze Hunter

4

"망할."

윈드라는 브로크데일 구석에 숨었다. 이미 브로크데일의 시내는 티아의 현대식 병력과 브로크데일의 방어군으로 가득했다. 출구는 모두 봉쇄되었다.

티아는 레드 핸드의 전력을 과소평가하지 않는다. 그렇기에 그들이 도망치지 못하도록 병력 대부분을 출구에 배치했다.

덕분에 수색은 늦어지고 있었지만 결국 독안에 든 쥐다.

윈드라는 엄지손톱을 뜯으며 생각에 잠겼다.

브로크데일은 왜 포사토이오에 모든 것을 준 것일까.

모베라의 해방? 거래 상대가 바뀌는 것일 뿐. 어차피 모베라는 포사토이오가 먹을 것이고, 그렇게 되면 더 안 좋은 거래 조건으로 브로크데일은 포사토이오와 협상을 해야 할 것이다.

차라리 레드 핸드를 선택한다면 포사토이오라는 경쟁 길드를 남겨둘 수 있다. 경쟁 길드의 존재는 매우 크다.

레드 핸드는 브로크데일이 언제 포사토이오에게 붙을지 모르기 때문에 브로크데일에 위해를 가할 수 없다.

즉 레드 핸드를 선택하는 것만이 브로크데일이 살아남을 수 있는 유일한 길이었을 것이다.

그런데 도대체 왜?

"멍청해진 건가?"

장고 끝에 악수라는 말이 있다.

미셸이 고민에 고민하다가 결국 악수를 둔 것일까?

"방법은 하나뿐입니다."

쥬엔이 적막을 깨고 입을 열었다.

"여제를 죽여야 합니다. 여제의 원은 아마도 현대식 병력을 소환하는 것. 개인의 무력은 떨어질 수밖에 없습니다."

"그래, 그 방법 하나뿐이겠지."

여제가 죽으면 그녀가 소환한 병력은 모두 사라진다.

그러면 출구가 열릴 것이고, 그 틈을 타 도망친 다음 훗날을 기약하면 된다.

어차피 모베라의 물약 없이는 브로크데일의 모든 기술 개발이 멈춘다.

훗날 다시 협상할 여지는 충분하다.

"그럼 어떻게 죽이지?"

"내가 나가서 찾아보지."

아퀼라가 말했다.

"한 명이 움직이는 편이 여럿서 움직이는 것보다 나을 테니까?"

윈드라와 쥬엔은 고개를 끄덕였다. 정확하게 티아가 어딨는지를 알아낸 뒤에 움직여야 했다.

위험하지만 방법은 그것뿐이었다.

"조심해라."

"그러지. 대장도 잘 숨어 있으라고."

아퀼라는 왠지 모르게 신나 보였다. 실제로 그는 혼을 바로 죽일 수 있다는 사실에 들떠있는 상태였다. 포사토이오가 싸움을 먼저 걸어온다면 그들과 협력관계에 있는 혼도 적이다.

"눈치 안 보고 죽일 수 있겠네."

아퀼라는 목을 꺾어 풀며 밖으로 나갔다.

"암살이 올 거다."

혼의 메이즈 헌터. 미셸 신더벨, 그리고 티아의 사람들까지 모두 회의실에 모여있었다.

"저쪽도 빨리 도망을 치고 싶을거야. 하지만 우리도 빨리 잡아야 하지."

혼은 신문을 꺼냈다.

"이 일은 신문에 날 거다. 그만큼 큰일이고, 보니까 신문은 모두가 아는 소식은 숨기지 않고 게재해버리니까."

"그렇겠지."

신문은 자세한 것까지는 말하지 않지만 이렇게 누구나 그 자리에만 있으면 알 수 있는 정보는 세세하게 적는다.

즉 모베라를 해방하기 위해 브로크데일과 포사토이오가 손을 잡았다는 것.

그것은 며칠 뒤 신문에 게재될 것이다. 그렇게 되면 레드 핸드의 전병력이 브로크데일로 이동할 것이다.

모베라에서 브로크데일까지는 1주일도 걸리지 않는다. 미궁에서 오버로드 같은 것을 만나지 않는한 원을 가진 수많은 워커들을 막을 수 있는 방법도 없다.

"일이 커지겠군."

"그 말이다."

"하지만 레드 핸드도 빨리 도망을 치고 싶겠네. 안 그러면……."

"불리한 싸움을 해야 하지. 이길 수 없는."

브로크데일의 방어군과 포사토이오의 워커들.

그것도 한쪽은 강철성벽 뒤에 숨어 전략 병기를 사용하고 한 쪽은 미궁에서 먹고 자면서 싸워야 한다.

절대로 레드 핸드가 이길 수 없는 전쟁.

윈드라는 그 전쟁이 일어나는 것을 누구보다도 바라지 않을 것이다.

"우리 입장에서도 빨리 윈드라를 잡는 편이 피해가 작아. 저쪽은 100% 암살로 나올 거야. 나라도 그럴 테니까."

암살의 스페셜리스트가 하는 소리였다. 천화와 다테는 물론이고 티아까지 동의하는 바였다.

"그래서?"

"암살할 수 있게 해주자고."

혼은 니나를 가리켰다.

"둘이 키도 비슷하고, 몸매도 비슷하고. 옷만 갈아입고 있으면 착각할 만 하지. 그렇지 않아?"

니나느 자기 자신을 가리켰다.

"나?"

"그래, 너. 진짜로 여제를 미끼로 쓸 수는 없잖아."

"잠깐, 잠깐. 그렇다고 인도자를 미끼로 쓰는 건. 저기 네 길드원은?"

니나는 황급히 천화를 가리켰다. 혼은 천화를 힐끗 보더니 고개를 저었다.

"가슴 사이즈가 너무 차이나. 동양과 서양의 어쩔 수 없는 차이라고나 할까?"

천화가 뭐라 말을 못하고 얼굴을 붉히며 고개를 숙였다.

니나는 안쓰럽게 천화를 쳐다보다 말했다.

"괜찮아. 크면 어깨만 결리고."

"위로하지 않으셔도 돼요."

천화가 작게 말했다.

"그럼 니나를 미끼로 쓰겠다는 거야?"

"뭐 그런 셈이지."

티아는 잠시 생각에 빠졌다.

"그럴 필요 없지 않나? 니나, 나 그려 봐."

"지금 그러려고."

니나는 한숨을 내쉬고 아르마티아를 붓으로 바꿨다. 그리고는 공중에 티아를 그리기 시작했다.

붓은 니나의 명령대로 색을 바꿔가며 점점 티아를 완성시켰다.

공중에 그리는 것이라 3D로 그려야 함에도 니나의 손은 멈춤이 없었다.

"인간 창조는 힘든데 말이야. 게다가 이것들은 자아가 없어서 멈춰서 있어. 명령을 내리지 않는 한 말이지."

혼과 천화, 그리고 다테는 넋 놓고 니나가 그려내는 그림을 쳐다보았다.

니나가 그림을 완성 시키자 가짜 티아가 눈을 떴다.

그림에서 튀어나온 티아는 그저 눈을 깜빡일 뿐 그 어떤 말도, 행동도 하지 않았다. 니나는 어깨를 으쓱하며 말했다.

"자, 이걸 이제 미끼로 쓰면 되겠지?"

"명령은 어떻게 내리지?"

"뭐, 단순한 명령만 가능하지. 예를 들어. 벗어!"

니나가 말하자 그림 티아가 재킷을 벗어 던졌다. 동시에 진짜 티아 칸이 일어나 니나의 뒤통수를 후려쳤다.

"뭐하는 짓이야!"

"아! 농담이거든. 벗지 마."

셔츠까지 벗으려던 가짜 티아는 행동을 멈추고 다시 마네킹처럼 섰다.

"뭐 대충 이렇게 간단한 명령 정도."

"그럼 됐어."

혼이 벌떡 일어나며 말했다.

"그럼 그 그림과 당신이 함께 거리를 돌아다니다가 약속된 장소로 오는 거야. 병사들이 많으면 암살시도를 하지 않을 테니 소수의 브로크데일 병력과 나, 그리고 내 길드원들이 가 있지. 상대가 암살을 시도 하면 니나는 도망을 치고 우리가 잡는다."

티아는 턱을 만지며 고민하다가 고개를 끄덕였다.

"좋아, 시도해볼 가치는 있겠어."

"그럼 작전을 설명하지."

혼은 브로크데일 도시 지도에 선 하나를 그었다.

❖

저녁.

수색이 잠시 지연되고 있었다. 아퀼라는 지붕을 타고 이동하며 티아에 대한 정보를 모으고 있었다.

"어이."

아퀼라는 화들짝 놀라며 뒤를 돌아봤다. 그곳에는 쥬엔이 서 있었다.

"대장이 같이 가보라고 했다."

"아, 수색이 좀 약해졌으니까."

밤에는 수색보다 치안을 강화했다. 병사들은 움직이기보다는 자리를 지켰다.

왜 수색이 중단되었는지는 모르겠으나 기회이기도 했다.

지금 티아가 어디 숨어있는지를 찾아내지 않으면 기회가 없을지도 모른다.

그렇기 때문에 윈드라는 쥬엔까지 보낸 것이다.

"찾았나?"

"아직."

그때, 거리에서 티아와 니나가 걸어가는 모습이 보였다. 쥬엔과 아퀼라는 동시에 티아를 발견하고 그 뒤를 밟았다.

티아와 니나는 코어 레스토랑, 쥬엔과 윈드라가 티아를 처음 만났던 그곳으로 들어갔다.

레스토랑의 앞에는 소수의 병력만이 배치되어 있었다.

워낙 좁은 곳이었기 때문에 안에 많은 병력이 들어갈 수 없는 곳이기도 했다.

"찾았다."

아퀼라가 살기를 담아 말했다. 그는 쥬엔을 쳐다보았다.

"들어가자."

"대장님에게 알리고 가야 하지 않나?"

쥬엔의 말에 아퀼라는 고개를 절래 흔들었다.

"지금이 절호의 기회 같은데. 갔다가 보고하고 다시 여기까지 오자고? 굳이 그럴 필요가 있나? 대장님의 능력보다는 우리의 능력이 더 암살에 특화되어 있다고."

"그것도 맞는 말이지."

쥬엔은 잠시 생각했다.

아퀼라의 말대로 지금이 절호의 기회였다.

딱 봐도 여제는 방심하고 있었다.

레드 핸드는 궁지에 몰린 상태였다. 꼼짝못하고 죽음을 기다려야 하는 처지. 여제는 항상 승리만을 해왔기에, 이토록 압도적인 상황에서는 방심할 것이다.

아퀼라는 스스로 그러한 확신을 가졌다.

암울한 상황일수록 최악을 못 보는 경우가 있다. 현재 아퀼라의 상태가 바로 그 상태였다. 암울한 상황에서 최상의 시나리오를 꿈꾸고 있는 것이다.

"가자."

쥬엔은 고개를 끄덕였다.

레스토랑 안.

니나는 티아를 데리고 룸에 앉았다. 일부러 큰 창이 있는 곳이었다. 밖이 잘 보이는 만큼, 밖에서 안도 잘 보이는 곳이다.

혼과 다테, 그리고 천화는 문밖에 대기 중이었다.

레스토랑과 그 밖에는 소수의 브로크데일 방위대가 지

키고 있었다. 티아의 병력을 일부러 두지 않은 것은 적에게 여제가 방심하고 있다는 것을 알리기 위함이라고 혼은 설명했다.

니나는 긴장한 듯 심호흡을 하며 음식을 시키고 가짜 티아를 쳐다봤다.

가짜 티아는 명령을 기다리며 가만히 앉아 있었다.

"음식이 나오면 자연스럽게 먹도록. 알겠지?"

가짜 티아는 고개를 끄덕였다.

니나는 붓을 꼭 쥐고 창밖을 쳐다봤다.

"어?"

저 멀리서 두 사람이 날아오고 있었다. 니나가 겨우 자리에서 일어나며 반응하는 순간, 한 남자가 창을 깨며 안으로 들어왔다.

"죽어라!"

"꺄악!"

니나의 비명소리와 함께 아퀼라의 주먹이 가짜 티아의 머리를 때렸다.

마치 신기루가 사라지듯, 가짜 티아의 모습이 증발했다.

니나는 순식간에 몸 주변에 원통을 그렸다. 절대 강도의 원통. 니나는 원통에 숨은 뒤 안도의 한숨을 내쉬었다.

그와 동시에 문이 열리면서 혼이 안으로 달려들었다.

"무, 무슨……."

아퀼라는 달려드는 혼을 보며 당황했다. 티아가 그림자처럼 사라진 것도 그렇고, 혼이 있는 것도 그렇고.

함정이었다.

아퀼라의 두뇌는 빠르게 상황을 판단했다. 그러나 혼은 더 빨랐다.

일루미나가 아퀼라의 목을 베었다.

아퀼라의 목이 솟구치며 엄청난 양의 피가 분수처럼 피어올랐다. 그와 동시에 아퀼라의 창고에서 물건이 튀어나와 식당 안을 정신 없게 만들었다.

다테는 쥬엔에게 달려들었다. 성난 사자의 앞발질에 쥬엔은 몸을 피했다.

"원(元) 영겁의 팔."

쥬엔이 입고 있던 망토가 펄럭이며 그녀의 어깨에서 반투명한 하얀색의 팔이 나타났다.

원래 양팔이 없는 장애인이었던 쥬엔에게 생긴 원.

그것은 절대적인 무력을 가진 새로운 두 팔이었다. 쥬엔의 팔은 마치 뱀처럼 늘어나며 다테를 후려쳤다.

"크윽."

다테는 겨우겨우 쥬엔의 공격을 막은 뒤 도망치기 시작했다. 혼은 다테와 눈을 마주친 뒤에 고개를 끄덕였다.

다테는 작게 중얼거렸다.

"이러면 되는 거야?"

"뭐, 대충."

다테는 몸을 털고 일어났다. 니나가 놀란 가슴을 진정시키며 원통에서 빠져나왔다.

"그래도 하나는 죽였네. 하, 근데 대장은 안 왔지?"

"그런 듯싶다."

니나는 아쉽다는 듯이 말했다.

"뭐 그래도 하나를 잡은 게 어디⋯⋯."

시퍼런 검이 니나의 목을 위협했다. 니나는 눈치를 보며 혼을 쳐다봤다.

일루미나가 은광을 내뿜고 있다. 니나는 붓을 꽉 잡고 혼과 다테, 그리고 천화를 돌아봤다. 세 사람의 표정은 사뭇 진지해 보였다.

"이게 뭘까? 하하하."

"붓 내려놔."

혼이 나지막이 말했다. 니나는 애써 웃어 보이며 이 상황을 무마하려고 했다.

왜 혼이 이러고 있는지를 니나는 이해하지 못했다. 그렇기에 지금의 현실이 마치 가짜처럼 느껴졌다. 혼은 상황파악을 하고 있지 않은 니나에게 말했다.

"붓 내려놔."

"그래, 내가 더 빠른 거 알잖아. 아르마티아."

일루미나가 진동하며 리첼리아의 목소리가 나왔다. 그제야 니나는 현실을 받아들이고는 아랫입술을 깨물며 혼을 노려봤다.

"너희 이런 짓을 하고도 무사히⋯⋯."

"넘어가. 걱정해줘서 고맙다."

니나는 천천히 붓을 내려놓았다. 아르마티아가 인간화해서 도망을 치려는 순간 다테와 천화가 가로막았다. 아르마티아는 난감한 표정으로 니나를 쳐다봤다.

"자, 그럼 같이 가주실까?"

혼은 의미심장한 미소를 지었다.

❖

"니나가 잡혔다고?"

"한 놈은 죽었지만 말이야."

"니나가 잡혔을 리가 없는데."

혼은 티아에게 결과를 보고했다. 아퀼라는 죽였지만 니나가 납치되었다. 상대를 너무 얕본 거 같다. 그런 식의 이야기였다.

사실상 말이 안 되는 이야기다.

혼이 니나를 잡을 수 있었던 것도 그녀가 완전히 방심

했기 때문이다. 만약 그녀가 혼을 경계하고 있었다면 순식간에 무언가를 창조해 반격하거나, 자신을 보호했을 것이다.

티아도 그걸 알기에 니나를 미끼로 쓰는 것에 동의한 것이었다.

티아는 직접 작전을 수행했던 코어 레스토랑으로 향했다. 아직 아퀼라의 시신이 남아있었다.

티아는 아퀼라가 원조차 쓰지 못하고 당했다는 것을 알아차렸다. 그가 원을 썼다면 이 레스토랑이 멀쩡할 리가 없기 때문.

"창문을 깨고 들어와서 가짜를 죽이고, 그리고 당했군."

"그렇다."

혼은 고개를 끄덕였다.

"하나가 더 있었어. 그리고 그 하나에게 당했다는 건가?"

"바로 니나를 노리더군. 니나가 잡힌 상황에서 놔주는 것밖에 방법은 없었다."

혼의 말에 티아는 인상을 썼다.

"믿을 수 없군."

"이미 일어난 일이다. 미안하다."

혼은 진심으로 사과했다. 티아는 이를 갈았다.

일이 이렇게 흘러갈 수 있는가. 니나는 약하지 않다. 인도자니까 오히려 강한 축에 낀다. 상대가 기습해온다는 것을 아는 니나가 아무런 방비를 하지 않았을까?

"이해가 안 되는군."

"나도 그렇다. 인도자가 그리 쉽게 잡힐 줄이야."

혼은 진심으로 유감을 표했다. 천화와 다테는 룸을 정리하며 티아의 반응을 살폈다.

"아직은 브로크데일에 있군."

티아는 지도를 확인했다. 같은 길드끼리는 대략적인 위치가 지도에 나타난다. 그러나 정확한 위치까지는 알 수 없다.

브로크데일 안에는 있다.

그것은 그래도 괜찮은 소식이었다. 아직 니나가 죽지는 않았다는 거니까.

티아는 혼을 쳐다보며 말했다.

"니나를 구해야 한다. 당장 움직여."

"그러도록 하지. 당장 수색을 다시 개시하겠다."

혼은 티아의 명령을 따랐다.

"천화, 다테. 가자."

천화와 다테는 손을 털고 일어나 혼의 뒤를 따라 나갔다.

홀로 남은 티아는 고개를 절래 흔들었다.

"이상해. 뭔가 이상해."

밖으로 나온 혼은 콧노래를 흥얼거렸다. 천화와 다테는 그런 그를 걱정스럽게 쳐다봤다.

아니, 자신들이 더 걱정이었다.

일단 혼의 말을 믿고 그의 계획대로 움직이기는 했으나 이건 너무 위험부담이 컸다.

인도자를.

그것도 포사토이오의 인도자를 납치하다니.

그 여제의 뒤통수를 후려쳐도 100번은 후려친 것이다.

"왜 그렇게 표정들이 안 좋아? 성공했잖아. 아, 뭐 웃는 것보다는 낫겠다."

혼이 작게 말했다.

"어떻게 하실 거예요. 이제부터."

"계획대로 움직여야지."

"그 계획이 뭔데요?"

"너, 브로크데일의 방어군이 나의 행동을 보고도 아무 말 안하고 있는 거 봤지?"

천화가 고개를 끄덕였다.

"맞아, 그랬죠."

천화는 곰곰이 생각하다가 알겠다는 듯이 탄성을 뱉었다.

"그러니까 모베라 자유군의 대장은……"

"그래, 나야. 포사토이오가 아니라."

혼이 씩 웃었다.

"야롱의 인계를 받은 건 나지. 포사토이오는 모베라에 아무런 권한이 없어. 지들이 착각해서 움직이는 거지."

즉 만일 모베라가 자유를 되찾는다면 그것은 혼의 공식적으로 혼의 공적이 되는 것이다.

"명분만으로 움직이는 세계는 아니잖아. 뒷감당은? 자신 있어?"

"어느 정도는."

다테의 질문에 혼은 능청스럽게 대답했다.

그 시각, 미셸 신더벨의 작업장. 지하.

미셸은 다리를 꼬고 앉아 브랜디를 한잔하고 있었다. 그녀의 앞에는 기둥에 묶인 두 여자가 어떻게든 사슬을 끊기 위해 안간힘을 쓰고 있었다.

"그거 안 끊어져. 초합금이거든. 그 죽음의 인도자의 검 정도는 돼야 겨우 끊을걸?"

묶여 있는 여자는 니나와 아르마티아였다. 니나는 미셸을 노려보았다.

"뭘 꾸미는 거냐?"

"아무것도. 나는 아무것도 안 꾸며."

미셸은 잔을 들어 흔들며 말했다.

"어떻게든 뭘 얻어보려고 머리를 쓰는 건 워커들 뿐이

지. 우리 미궁인들은 도시에서 나가려고 하지도, 또 다른 도시를 차지하려고도 하지 않아."

미셸은 원샷을 하고 잔을 식탁 위에 꽂듯이 내려놓았다.

"그저 평화를 지키기 위한 최선의 수를 둘 뿐이지."

"최선의 수?"

니나는 고개를 절래 흔들었다.

"메이즈 헌터라는 듣도 보도 못한 길드에게 도시의 미래를 맡기는 것이 최선의 수? 메이즈 헌터는 강하지. 인도자를 필두로 나머지 두 사람도 나쁘지는 않아. 하지만 레드 핸드나 포사토이오의 상대는 되지 않아."

"나도 그렇게 생각해."

미셸은 동의했다.

지금이야 브로크데일의 특성상 레드 핸드나 포사토이오가 제대로 된 전력을 낼 수 없어서 그렇지 길드의 강함을 따졌을 때 메이즈 헌터는 미궁 최약체라고 봐도 무관했다.

고작 3명.

아무리 강하더라도 고작 3명으로 뭘 하겠는가.

포사토이오에는 100명이 넘는 트라이 마스터가 있다. 그들과 메이즈 헌터를 비교한다는 것 자체가 말이 안 되는 것이다.

"그래서 메이즈 헌터에게 모든 걸 걸었지."

"뭐?"

"그래서 걸었어. 메이즈 헌터에. 약하잖아. 브로크데일의 방어군만으로도 상대할 수 있지."

미셸은 자리에서 일어나 니나의 앞으로 갔다.

"성공하면 브로크데일은 자유. 실패해도 몇 년 뒤 너희에게 지배를 받는 미래가 지금으로 앞당겨질 뿐이야."

미셸은 미소를 지었다.

"최고의 대표가 되느냐, 혹은 최악의 대표가 되느냐. 도박이지. 도박."

니나는 일어나는 미셸을 따라 시선을 올렸다.

"지도자의 선택에는 책임이 따른다. 난 책임질 준비가 됐다."

미셸은 그렇게 말하며 계단 위로 올라갔다.

❖

−모베라로 갈 수 있는 출구를 열어주면 인도자를 돌려주겠다.−

단문으로 된 편지를 미셸이 가져와 티아에게 건넸다. 티아는 편지를 읽자마자 구겼다.

"열어줘야지."

어쩔 수가 없었다. 상대는 니나의 목숨을 쥐고 있는 상태.

인도자를 죽이는 것은 되돌릴 수 없는 강을 건너는 것이기 때문에 레드 핸드도 생각이 있다면 출구를 확보하는 것으로 끝낼 것이다.

포사토이오와 진짜로 전쟁을 할 생각은 없을 것이다.

모베라만 내놓으면 레드 핸드는 안전하게 후퇴를 할 수 있다. 예전 7대 길드의 모습 그대로 몇몇 도시나 보호하면서 살아가면 되는 것이다.

"후, 어쩔 수 없지."

어찌 가도 목적만 달성하면 되는 것이다.

브로크데일을 차지하고, 덤으로 모베라까지 얻고, 좋은 게 좋은 것이다.

한 가지, 찝찝함이 남아있는 것은 사실이다.

니나는 왜 잡혔을까?

티아는 회의실에 앉아있는 혼을 쳐다봤다. 사람을 정확하게 꿰뚫어보는 티아조차 그가 무슨 생각을 하고 있는지을 읽을 수 없었다.

때로는 너무도 잘 읽히고, 때로는 안개와 같이 뿌연 남자.

그것이 혼이었다.

'도무지 알 수 없다.'

티아는 미셸에게 말했다.

"전 병력을 철수하라 명해라. 하루 종일 문을 열어두고 대기한다."

티아의 결정은 합리적이다.

혼은 티아의 성격을 진즉에 간파했다. 그렇기에 이러한 작전을 짤 수 있었다.

브로크데일에게 제시한 조건. 인도자라는 이유로 혼에게 내건 조건.

언제나 자신만만한 언행은 그만큼 모든 일에 확신이 있다는 것이고, 그 확신은 지극히 논리적인 사고에서나 나오는 것이다.

상대는 나의 조건을 거부할 수 없다.

논리적으로는 그러하다. 강자가 약자에게 동등한 조건을 내걸면 약자는 그것을 수락할 수밖에 없다.

왜? 수락하지 않으면 무슨 일이 일어날지 약자는 아주 잘 알기 때문이다. 그렇기에 약자는 강자의 자비를 감사해 하며 따르기 마련이다.

티아는 그런 성격이다.

약자에게 자비를 베풀고 그들과 타협한다. 항상 최대 이득이 아닌 최소한의 이득을 보며 약자의 권리를 지켜준다.

그렇기에 그녀는 레드 핸드가 도망가게 놔둘 것이다.

인도자를 구하기 위해.

"후, 다 잡은 걸 놓치는군."

혼은 한숨을 쉬며 일어나 회의실을 나갔다. 티아는 그대로 남아서 검지로 미간을 눌렀다.

"하아, 스트레스."

같은 시각, 버려진 창고에 숨어 있던 쥬엔과 윈드라는 수색대가 모두 철수를 하는 것을 발견하고 상황이 급변하고 있다는 것을 알아차린다.

"암살은 실패했다고 하지 않았나?"

"그렇습니다."

윈드라는 이를 갈았다.

"그럼 이것도 함정인가?"

쥬엔은 창밖으로 두 사람이 나가야 할 출구를 살폈다.

출구에 배치되어 있던 병사들까지 전부 철수 중이었고, 굳게 닫혀있던 강철문을 활짝 열려있었다.

윈드라와 쥬엔은 잠시 생각에 잠겼다.

비정상적인 상황이 계속해서 연출되고 있었다. 브로크데일이 갑자기 포사토이오 붙은 것부터 시작으로 지금까지 일어난 일들은 뭐라 설명할 수 없는 것들뿐이었다.

"나가자."

윈드라는 직감적으로 말했다. 이것은 함정이 아니다.

함정이 맞다 하더라도 강행돌파를 할 수 있게끔 문까지 열려 있는 상황이다.

지금 기회가 아니라면 영영 탈출할 수 없다.

"알겠습니다."

쥬엔은 원을 발동해 영겁의 팔을 불러냈다. 단번에 돌진해 출구를 빠져나갈 생각이었다.

두 사람은 마치 100m 달리기를 하듯 동시에 튀어 나가 출구 밖으로 나갔다.

달리는 도중 저 멀리 티아 칸이 보였지만 윈드라와 쥬엔은 신경 쓰지 않았다. 티아는 그저 바라만 볼 뿐 아무 행동도 하지 않았다.

문밖으로 나간 윈드라와 쥬엔은 어벙한 표정으로 서서히 닫히는 문을 바라보았다.

"뭐야? 정말 함정이 아니야?'

어느 정도의 전투는 예상했던 윈드라였다. 맘이 급해진 여제가 병력을 숨겨놓고 그들을 끌어냈다고밖에는 볼 수 없는 상황.

윈드라는 티아가 함정을 설치했다는 것을 알면서도 정면대결에 응한 것이었다.

그러나 정말 자비였다.

"자비일까?"

여제는 그렇게 물렁한 사람이 아니었다. 합리적인 사람

이라고 물렁한 건 아니지 않던가.

"이상해."

강철문은 쿵 소리를 내며 닫혔다. 쥬엔은 윈드라를 돌아보며 말했다.

"이상하든, 뭐든, 일단은 모베라에 돌아가야 합니다."

"그래, 그건 맞아."

윈드라는 다시 발걸음을 옮겼다. 하지만 그의 머릿속에는 이 이해할 수 없는 현 상황에 대한 생각뿐이었다.

'무언가 이상한 게 개입했다.'

브로크데일의 둔 포사토이오와 레드 핸드의 싸움.

그런 것이 아니다.

무언가 비정상적인 것. 움직임을 예상할 수 없는 것이 끼어있다.

"그렇다면."

윈드라는 발걸음을 멈췄다.

"그 남자."

메이즈 헌터.

포사토이오의 협력 길드라 해서 포사토이오와 뭉뚱그려 생각했던 그 길드.

윈드라는 손가락에 힘을 넣어 자신의 이마를 짓눌렀다.

"망할, 그 새끼."

"니나는 아직 브로크데일 안에 있다."

티아는 레드 핸드의 두 사람이 나가는 것을 확인하며 지도를 보고 있었다. 브로크데일에서 레드 핸드가 나갔음에도 니나가 도시 안에 남아있다는 것을 그들이 제대로 니나를 풀어주었다는 것이다.

티아는 당장 자신의 병력을 풀어 니나를 찾기 시작했다.

그런데 그 순간.

"사라졌다."

미셸이 지도를 바라보며 티아에게 알렸다.

"지도에 빛이 사라졌습니다."

티아는 다시 지도를 살폈다. 미셸의 말대로 정말 브로크데일 중간에서 빛나던 점이 사라졌다.

모든 길드원의 장소는 공유된다.

공유가 끊어지는 순간은 두 가지 경우다.

더는 길드원이 아닐 경우. 또 죽었을 경우.

티아는 지도에 코를 박듯이 달려들었다. 어떻게 빛이 사라진 것일까? 이미 니나를 납치했던 레드 핸드는 강철 문밖으로 나간 상태였다. 니나가 길드를 탈퇴할 이유는 그 어디에도 없었다.

그렇다면 죽었다고?

티아는 패닉에 빠지지 않았다. 그 어디에도 니나가 죽었다는 증거는 없었다.

하지만 한 가지 확실한 것은 놈들이 약속을 이행하지 않았다는 것이다.

"레드 핸드를 잡으러 모베라로 간다."

티아는 그렇게 말하며 병력을 긁어모았다. 혼은 그 옆에 서 있다가 손을 들었다.

"나도 같이 가지."

어디선가 들어온 혼이 걸어 나오며 말했다.

"안 그래도 데리고 갈 생각이었다."

티아는 혼을 노려봤다.

과거 아군을 바라보는 눈빛이었다면 이제 완전 타인을 보는 듯한 눈빛이었다.

티아는 혼을 의심하고 있었다. 물질적인 증거가 없어서 그렇지 티아는 이미 혼이 아군이 아닐 수도 있다는 판단을 했다. 하지만 그렇다고 그가 레드 핸드와 같은 편은 아닌 듯싶었다. 만약 그가 레드 핸드와 같은 편이었다면 아퀼라를 죽일 리가 없으니까.

의심스러운 인물은 항상 곁에 두어야 했다.

"천화, 다테. 너희는 여기 남아서 니나를 수색해라. 혹시라도 시신을 발견하면 바로 뒤따라오고."

"그럴리는 없다."

티아가 고개를 절래 흔들었다.

"니나는 죽지 않았어."

"어떻게 확신하지?"

"군주기."

티아는 창고에서 보석 하나를 꺼내 혼에게 보여주었다.

"니나가 죽으면 이 보석이 깨지면서 누가 니나를 죽였는지 보여준다. 군주기 소울메이트. 1성 오버로드를 죽이고 나온 거지."

혼은 침을 꼴깍 삼키며 고개를 끄덕였다.

"그렇군."

니나의 소재는 혼이 알고 있었다.

애초에 납치한 것도 그였고, 또 이 모든 판을 짠 것도 혼이었다. 니나가 지도에서 사라진 이유는 단순히 그녀가 길드를 탈퇴했기 때문이다.

혼은 니나를 길드에서 탈퇴시키기 위해 그녀를 겁박했다. 미궁에서 웬만한 상처는 혈석으로 치료가 가능했다. 하지만 팔이 잘렸다고 해서 그것이 재생되는 일은 없었다.

혼은 니나의 손을 자르겠다고 말했다. 모든 워커들이 팔, 다리를 소중하게 여기겠지만 니나는 더 특별했다. 무려 인도자에다가 직업은 화가다. 능력은 붓으로 그림을 그려 창조하는 것.

손이 잘려나가는 순간 그녀는 뭣도 아니게 된다.

니나는 훗날을 위해 타협했다. 그녀는 혼의 말에 따를 수밖에 없었다.

문제는 니나가 생각보다 오래 버텨 레드 핸드가 나가고 탈퇴가 되었다는 것이다.

원래 시나리오라면 레드 핸드가 나가기 직전에 니나가 길드를 탈퇴해 그녀가 죽은 것처럼 꾸미려고 했다. 그래야 티아가 미쳐 날뛰며 무리를 해서라도 레드 핸드를 박살 내기 때문이다.

하지만 살짝 늦은 탓에 티아는 의심을 가지기 시작했다.

그래도 다행인 점은 니나가 길드 탈퇴를 제대로 했다는 것이다. 그녀가 탈퇴하자 혼은 그녀를 죽일 생각이었다. 만약 그랬다면 저 소울메이트라는 군주기에 혼의 얼굴이 떡하니 나왔을 테고 그렇게 되면 티아의 분노는 모두 혼에게로 향할 것이다.

불행 중 다행이다.

"그럼 다행이고. 그럼 수색을 부탁하지."

"네, 혼씨도 조심하세요."

혼은 고개를 끄덕이고 티아에게로 붙었다.

티아 입장에서도 천화와 다테가 함께 가지 않는 편이 나았다. 만약 혼이 아군이 아니라면 티아는 주저 없이 그를 죽일 생각이었다. 인도자는 아군일 경우 든든하지만 적이 될 경우에는 가장 골치 아픈 상대였다.

만일을 위해서는 혼이 혼자인 경우가 훨씬 낫다. 다테와 천화가 있으면 또 어떤 변수가 만들어질지 모르니까.

게다가 같이 행동해본바 혼만 없으면 나머지 둘은 듀얼 마스터 정도. 언제든 처리할 수 있는 것들이었다.

티아는 손가락을 튕겨 소환되었던 현대식 병사들을 전부 없앴다.

"원(元) Hero of Great Britain."

그녀가 다시 원을 발동하자 장발의 갑옷을 입은 남자가 소환되었다.

"대기하고 있는 각성자들은 전부 브로크데일로 모이라 해라."

남자는 고개를 끄덕인 뒤 자리에서 일어났다.

티아의 원은 두 가지 능력을 가지고 있었다. 하나는 계속해서 소환되는 현대식 병력을 이 세계로 불러오는 것. 그것은 대군전에 있어서 최고의 원이라고도 불리는 것이었다.

아무리 능력자들이 강하더라도 미사일로 포격하고, 기관총으로 쏘면 언젠간 죽기 마련이다. 처음에는 손쉽게 티아의 병력을 상대하더라도 티아의 병력은 무한대로 뿜어져 나온다. 빠른 시간 안에 티아를 치지 않는 한 언젠가는 무한히 나오는 병력에 압살당하고 만다는 것이다.

또한 티아는 현대식 병력을 포기함으로써 강력한 하나의 소환물을 다룰 수 있었다.

그것이 지금 소환된 장발의 남자.

통칭 란슬롯.

브리튼을 세웠던 전설의 왕, 아더의 기사 중 하나의 이름을 딴 소환수는 일반 트라이 마스터 정도는 그냥 썰어버릴 수 있는 무력을 가지고 있었다.

혼은 소환물을 보며 휘파람을 불었다.

"굉장한 걸 소환하네."

마주하는 순간 마치 어찌할 수 없는 거대한 성벽을 만난 것만 같은 느낌이 들었다. 현대식 병력, 전투기, 탱크, 그리고 수많은 보병을 포기하면서 소환해야 한다. 물론 어느 정도의 무력은 갖추고 있을 것이다.

"미셸, 포사토이오의 병력이 들어오는 것을 허락해라."

"알겠습니다."

미셸은 고개를 끄덕이고 어디론가 사라졌다.

"얼마나 걸리나?"

"하루 정도. 수색을 계속하겠다. 니나가 무언가에 당해 길드를 탈퇴했을 가능성도 있으니까."

미궁에서는 모든 경우의 수를 생각해야 한다. 능력은 기상천외한 것들도 많았으며 거기에 어떤 능력을 가졌는지 알 수 없는 군주기까지 있다. 만약 환각이라던가, 강제 명령 같은 능력이 있다면 충분히 니나를 탈퇴시킬 수 있다.

시간을 끌 목적이라면 충분히 레드 핸드가 벌인 일일수도 있었다.

수색은 레드'핸드를 찾을 때와는 차원이 다르게 커졌다. 그러나 니나가 발견되는 일은 없었다.

티아는 수색을 하던 도중 미셸의 집 앞에 섰다.

"여기는 안 찾아보나?"

"여기는 브로크데일 대표님의 집입니다만."

브로크데일의 방어군 중 한 사람이 말했다. 티아는 들은 척도 하지 않고 문을 걷어찼다.

"등잔 밑이 어두운 법이지."

안에서 식사를 하고 있던 야롱이 화들짝 놀라며 티아를 돌아봤다. 티아는 신경도 쓰지 않고 2층을 올라가 모든 방문을 열어본 뒤 내려왔다.

"2층이 끝인가?"

티아는 야롱에게 물었다. 야롱은 겁먹은 듯 벌벌 떨다가 고개를 푹 숙였다.

"그게, 저는 잘 모르겠습니다요."

"끝은 아닌가 보군."

그때 저 멀리서 미셸이 달려왔다.

"여제님. 하아, 하아."

미셸은 거친 숨을 몰아쉬며 애써 미소를 지었다.

"저희 집은 어쩐 일로?"

"수색 중이다."

"아, 그렇군요. 그렇죠. 저의 집도 빼놓으면 안 되죠."

미셸은 빠르게 상황을 끝내고 싶었다.

미셸은 지하에 니나가 갇혀 있다는 것을 알고 있었다. 어떻게 해서든 티아가 지하로 내려가는 것은 막아야 했다.

혼이 미셸의 집에 니나를 숨긴 이유는 미셸의 집은 절대로 수색당하지 않는 곳이었기 때문이다.

브로크데일과 포사토이오 연합군의 수장 중 하나인 미셸의 집에 레드 핸드가 숨을 리는 전무하기 때문이다.

그러나 티아는 이제 믿을 수 있는 사람이 없다고 판단 내렸다. 그렇기에 니나가 있을 확률이 만분의 일이라도 있다면 그곳을 수색하는 것이다.

"2층이 전부인가? 미셸 신더벨 대표."

"하하하."

미셸은 거짓말을 해야 하나 고민했다. 만약 거짓말을 했다가 지하가 있다는 것을 티아가 알아차리면 빼도 박도 못하는 상황이 될 수 있다.

"저기 지하실이 있는 거 같은데."

티아는 구석에 숨겨진 계단을 발견하고는 말했다. 미셸은 티아가 자신을 떠봤다는 것을 눈치채고 바로 행동을 바꿨다.

"네, 내려가 보시죠."

미셸은 앞장서서 계단을 내려갔다. 티아는 그 뒤를 바짝 따랐다. 미셸은 긴장감에 숨을 멈추고 지하실을 살폈다.

"불을 켜라."

실내등을 키자 지하실이 환해졌다. 티아는 지하실을 한 바퀴 둘러보았다.

미셸은 눈을 질끈 감았다가 천천히 떴다. 어떤 변명을 해야 할까? 머릿속에서는 열심히 단어를 고르고 있다.

"아무것도 없군."

티아가 몸을 휙 돌렸다. 그 말을 들은 미셸은 니나와 아르마티아가 묶여 있던 곳을 바라봤다.

니나는 흔적도 없이 사라진 뒤였다.

"하아."

미셸은 참았던 숨을 토했다.

티아는 계단 위로 올라가 몰려들었던 브로크데일 병사들에게 돌아가 수색을 계속하라 말했다.

"어디로 간 거지?"

미셸은 작게 중얼거린 뒤 주저앉았다.

"살았다."

❖

다음 날, 포사토이오의 능력자 20명이 브로크데일에 들어왔다. 그들이 도착하자마자 상황을 설명하고 당장 모베라로 떠난다고 말했다. 포사토이오는 곧장 브로크데일을 나섰다. 혼은 유일한 비(非)포사토이오 사람이었다.

"여제님. 저놈은 뭡니까?"

한 남자가 티아에게 말했다.

"인도자다. 이번에 브로크데일에서 회유했다."

"인도자입니까?"

남자는 혼을 머리에서 다리 끝까지 훑어보았다. 티아는 남자의 귀를 잡더니 자기 바로 옆으로 끌고 왔다.

"잘 보고 있어. 이상한 짓 하면 보고하고."

"회유하신 거 아닙니까?"

"그런 줄 알았지. 아닐 수도 있거든."

"알겠습니다."

남자는 다시 혼자 주변의 벽을 살피며 걷는 혼을 쳐다봤다.

NEO MODERN FANTASY STORY & ADVANTURE

메이즈
헌터

5

Maze Hunter
5

윈드라는 모베라에 도착한 뒤 길드원들을 전부 소집했다. 다른 안전지대에 있던 길드원들까지 전부 모베라로 모이라는 명령이었다. 윈드라가 가장 먼저 한 일은 땅에서 합금을 뽑아내 브로크데일에서 모베라로 들어오는 입구를 막은 것이다.

혹시나 포사토이오가 모베라까지 치고 들어올까 미리 준비한 것이었다.

윈드라의 걱정은 현실로 다가왔다. 고작 이틀만에 포사토이오의 병력이 모베라의 앞까지 도착했다.

윈드라가 설치해놓은 합금은 누군가의 원에 의해서 박살 났다. 윈드라는 아직 레드 핸드의 전병력이 모이지 않은 상황에서 싸우는 것은 자살행위라는 것을 깨닫는다.

진갈색의 합금 벽이 무너지자 가장 먼저 란슬롯이 파고들었다. 레드 핸드의 워커들 중 원거리 원을 가지고 있는 자들이 일제히 능력을 퍼부었다.

집채만 한·불에 휩싸인 운석이 하늘에서 떨어지고, 모든 것을 태우는 레이저가 무자비하게 쏟아졌다.

란슬롯은 그 모든 것을 맞아 그대로 산화했다. 하지만 순식간에 다시 소환되어 최전방으로 튀어 나갔다. 원거리 원을 퍼부은 레드 핸드의 각성자들은 뒤로 물러났다. 뒤이어 강화 계열의 원을 가진 각성자들이 제각각의 무기를 들고 앞으로 나섰다.

"레온! 본때를 보여줘라."

"옙."

티아가 검은 머리의 서양 남자를 불렀다.

"원(元) 역병 지대."

레온이라 불린 남자의 앞에 존재하는 땅이 썩어들어갔다. 질펀해진 땅에서 창백한 손이 올라와 레드 핸드의 각성자들을 잡았다.

손에 잡힌 이들은 순식간에 땅 안으로 끌려 들어갔다. 몇몇은 빠르게 상황을 판단하고 땅에서 튀어나온 손을 베어버린 뒤 썩어버린 땅에서 벗어났지만, 반응이 느렸던 이들은 그대로 아래로 끌려 들어갔다.

"아, 3명 죽인 건가?"

역병 지대는 순식간에 끝났다.

레온은 어깨를 으쓱하며 티아에게 말했다.

"앞으로 2시간은 못쓰는데."

"상관없다."

포사토이오의 병력과 레드 핸드의 병력이 서로 엉켜 싸우기 시작했다. 각성자들의 싸움은 화려하기도 했지만, 한순간이었다. 서로 가장 강력한 기술을 쓰고 그게 부딪혀 승리한 쪽은 살아남고, 패배한 쪽은 죽는다.

길게 길게 싸움을 끌고 가는 이들도 있었지만 여럿이 싸우는 전쟁에서는 빠르게 상대를 정리하지 않으면 뒤를 잡히기 마련이었다.

그런 면에서 포사토이오는 레드 핸드보다 훨씬 뛰어난 워커들을 다수 보유하고 있었다.

100이냐 99냐의 차이.

한순간의 승부에서 그 차이는 명확하게 드러났다. 시간이 지날수록 레드 핸드는 밀릴 수밖에 없었다.

윈드라와 쥬엔은 압도적이었다.

레드 핸드를 7대 길드로 만든 두 사람의 힘은 굉장했다.

"이야, 그 팔 편해 보이네."

자유롭게 영겁의 팔을 휘두르며 워커들을 상대하고 있던 쥬엔에게 혼이 다가갔다. 리첼리아는 혼의 근처를 떠다니며 재잘거렸다.

"우와, 저 팔 가지고 싶은데 잘라서 저한테 주시면 안 돼요?"

"잘라서 가질 수 있는 거였냐?"

"모르죠."

리첼리아는 까르르 웃으며 어깨를 으쓱했다.

"제 발로 사지로 걸어오는구나."

쥬엔은 다른 워커들을 무시하고 곧장 혼에게로 달려들었다. 리첼리아는 곧장 일루미나로 변해 혼에게 방패와 검을 들려주었다.

쥬엔과 혼은 백중지세였다. 신속과 전투악귀까지 사용했지만 쥬엔의 팔은 그보다 더 빠르게 움직였다. 쥬엔이 혼에게 잡혀버리자 레드 핸드는 눈에 띄게 밀리기 시작했다.

원이 가장 강력한 워커가 누구냐? 라는 질문을 던지면 항상 후보에 들어가는 것이 윈드라였다.

그러나 이곳에는 그 후보 중 또 하나인 티아 칸이 있었다.

티아의 란슬롯은 끊임없이 윈드라를 괴롭혔다. 윈드라의 합금은 란슬롯을 집어삼킬 듯이 움직였지만 란슬롯은 단칼에 합금을 베어내며 계속해서 윈드라를 위협했다. 가끔 윈드라의 합금이 란슬롯에게 치명상을 입혔지만 그때마다 새로 소환된 란슬롯이 다시 달려들 뿐이었다.

티아는 맨 뒤에서 의자를 꺼내놓고 앉아 싸움을 구경하고 있었다.

'본체는 약할 것이다.'

그녀의 원은 장기전에 특화되어 있었다. 란슬롯이라는 트라이 마스터급의 소환수가 죽지도 않고 계속해서 달려드는 원. 본체를 치지 않고 티아를 이기는 것은 불가능했다. 언젠가는 원을 다 쓰고, 체력이 다해 죽음을 맞이할 뿐.

"티아 칸!"

윈드라는 란슬롯의 공격을 피하며 있는 힘껏 합금을 티아에게로 날렸다. 티아는 머리를 긁적이다가 공중으로 동그란 공 하나를 던졌다.

공은 공중에서 부풀어 오르더니 티아 칸의 주변을 감쌌다. 그러자 티아 칸이 있는 장소가 반투명한 초록색으로 바뀌었다.

합금은 반투명한 티아를 뚫고 지나갔다.

"무슨."

"지휘관은 좀 안전해야지. 그지?"

마치 실체가 없는 것처럼, 합금은 그녀에게 충격을 주지 못했다.

"워커가 능력만 사용하나? 군주기도 사용해 줘야지."

군주기 이차원.

과거 신의 검과 같은 원리다.

티아는 자신이 앉아있는 지역을 이차원으로 만들었다. 그렇기에 다른 차원의 공격은 그녀에게 무용지물이었다. 그녀를 공격하기 위해서는 그녀와 같은 차원으로 들어가던가, 아니면 그녀의 군주기의 효과가 사라지기를 기다려야 했다.

"참고로 이거 3시간은 가. 그러니까 3시간 동안 나는 무적. 란슬롯이랑 놀라고."

윈드라는 란슬롯의 검에 팔을 긁히고 뒤로 물러났다. 작은 혈석을 씹은 그는 레드 핸드 전원에게 외쳤다.

"제기랄! 도망친다. 후퇴!"

"니나를 내놓지 않으면 어차피 다 죽어. 니나는 어딨냐?"

"니나?"

윈드라는 영문을 모르겠다는 듯이 반문했다. 윈드라의 반응을 본 티아는 얼굴을 굳혔다.

"역시 저들이 아닌가."

어렴풋이 니나를 납치한 것이 레드 핸드가 아니라는 것은 눈치를 채고 있었다. 그렇다면 이제 니나를 납치할 수 있는 사람은 단 한 사람.

"저 새끼를 잡아!"

티아가 벌떡 일어나며 혼을 가리켰다. 쥬엔과 싸우고 있던 혼은 머리를 긁적이며 티아를 쳐다봤다.

레드 핸드는, 그리고 윈드라는 포사토이오의 각성자들이 전부 혼을 볼 때 재빨리 전열을 가다듬고 후퇴하기 시작했다. 티아의 눈에 후퇴하는 레드 핸드는 들어오지 않았다. 혼은 어깨를 으쓱하며 멀어져가는 윈드라를 쳐다봤다.

"아, 저게 죽었으면 완벽한 성공이었는데."

―일이 뜻대로 풀리면 뭐 운이 좋아도 너무 좋은 거 아니겠습니까? 하하하.―

리첼리아가 기분 좋게 웃었다.

포사토이오의 모든 각성자들이 혼을 둘러쌓다. 겨우 빠져나간 쥬엔의 뒷모습을 가리키며 혼이 말했다.

"저건 안 잡나? 왜 이래? 같은 편이잖아. 나 싸우는 거 못 봤어?"

"끝까지 발뺌인가?"

티아가 의자에서 일어나 이차원 밖으로 나왔다. 그녀는 군주기를 회수한 뒤 혼의 앞에 섰다. 란슬롯은 혹시나 모를 일을 대비해 그녀의 앞을 지켰다.

"니나는 어딨지?"

"아, 니나. 탄생의 인도자 말이지. 그건 윈드라가 납치……."

"헛소리 집어치워!"

티아가 일갈했다.

혼은 그제야 포기한 듯 깊게 숨을 내쉬었다.

"그래, 내가 데리고 있다."

혼의 말이 끝남과 동시에 모든 포사토이오의 각성자들이 움찔했다. 당장에라도 혼을 죽여버리려는 것 같았지만 니나가 아직 잡혀 있는 이상 섣부른 행동은 할 수 없었다.

"이야~ 대 포사토이오가 이깟 애송이한테 농락당하네요. 여제. 뭡니까 이놈."

"인도자라고 했다."

레오라고 불렸던 남자가 비아냥거리며 말했다.

"아아, 인도자. 인도자. 잘나신 분이네."

"날 죽이면 니나는 영영 못 봐. 내가 죽었다는 걸 우리 길드가 모를 리가 없을걸. 지도에서 빛이 사라지니까."

혼은 여유 있게 가슴을 활짝 폈다.

"니나를 내놓지 않으면 너를 비롯해 너의 길드원. 모베라. 그리고 브로크데일까지 찢어버리겠다. 맹세하지."

티아가 표정 하나 변하지 않고 살벌하게 말했다. 뛰어난 리더일수록 위기의 순간에 냉정해지는 법이다.

"원래는 레드 핸드 다 죽이면 그때 얘기 하려고 했어."

"말이나 못 하면. 참."

티아가 피식 웃었다. 혼의 태도는 어이가 없었다. 만약 티아가 이성을 잃는다면 혼은 이 자리에서 죽는 것이다. 아무리 인도자라 할지라도 두 자릿수가 넘어가는 트라이 마스터를 상대로 싸울 순 없다.

혼은 양손을 들었다.

"자 보라고. 난 이제부터 너희와 협상을 할 거야. 내 카드는 인도자. 그러니까 이제 내가 원하는 것을 말할게. 인도자 카드를 받아가려면 최대한 맞춰달라고."

"들어는 보지."

"뭘 들어봅니까? 여제. 죽이고, 또 브로크데일 가서 다 죽이고. 그러면 끝이지."

대머리에 2m는 넘는 키. 거기에 120kg은 족히 넘을 거 같은 거구가 나서며 말했다. 티아는 거구를 막았다.

"들어나 보자고. 말도 안 되는 것만 아니면 수락해주지."

"역시 여제는 대화가 통하네."

혼은 창고에서 의자를 꺼내 앉았다.

"그럼 첫 번째. 모베라와 브로크데일에서 손 떼라."

"첫 번째 조건부터 개소리군. 월월."

티아 주변의 각성자들이 짖는 소리를 내며 웃었다. 혼은 아랑곳하지 않고 말을 이어갔다.

"두 번째. 메이즈 헌터와는 영구동맹을 맺는다. 즉 서로 치지 말자는 거야."

"그래, 그건 이해가 되네. 살고 싶다는 거군."

티아는 혼의 약한 모습에 미소를 지었다.

"마음대로 생각해. 이 두 가지를 지켜주면 니나를 죽이지는 않겠다. 어때?"

"만약 지키지 않겠다면?"

티아가 말했다. 혼은 어깨를 으쓱하며 정색했다.

"그럼 니나는 죽는 거지."

"그럼 너도, 네 동료도 다 죽는다. 브로크데일을 치지 않은 이유는 우리가 지기 때문이 아니라 피해 없이 그들의 힘을 얻기 위해서야. 포사토이오의 병력을 전부 모으면 브로크데일은 삼 일, 아니 이틀 만에도 끝이다."

"아니, 난 안 죽을걸? 도망칠 거거든. 그래서 다른 왕국에 받아달라고 할 거야. 포사토이오가 나를 쫓고 있으니 지켜달라. 대신 난 인도자니, 내 힘을 주겠다. 이렇게 말이야. 마다할 왕국이 과연 있을까? 그게 의문이네."

혼은 자신만만했다.

"그 전에 이 포위망을 뚫을 수가 없을 거다."

"아, 내 능력은 신속이거든. 그리고 말이야."

혼은 창고에서 지팡이 하나를 꺼냈다. 지팡이의 끄트머리에는 붉은 버튼과 푸른 버튼이 달린 것이었다.

"난 할 말을 다 전했거든. 길드 탈퇴!"

혼은 메이즈 헌터에서 탈퇴를 한 뒤 티아에게 가입신청

을 보냈다.

"받아달라고. 빨리 안 받아주면 니나는 죽으니까."

길드 가입 신청을 하면 오히려 티아가 고마웠다. 뒤를
더 쫓기 쉽기 때문이다. 티아는 망설임 없이 혼을 길드로
받아주었다. 이제 혼이 어디를 가든 포사토이오는 그것을
보고 쫓을 수 있다.

혼은 길드가 받아진 것을 확인하고는 말을 이어갔다.

"좋아. 그럼 이제 모베라에서 철수해 브로크데일과 모
베라에서 가장 멀리 떨어진 너희 도시로 돌아가라고. 그
러면 니나는 죽이지 않고 살려주지."

"잠깐, 아까부터 죽이지 않겠다고 하는데. 풀어준다고
말해야……."

"그럼, 잘 있으라고."

혼은 지팡이를 바닥에 꽂았다. 푸른 버튼이 눌리면서
혼이 아래로 뚝 떨어졌다. 티아를 비롯한 포사토이오의
워커들은 혼이 사라진 곳으로 달려갔다. 그러나 그곳에는
그저 단단한 바닥뿐이었다.

"찾아!"

티아가 외치자 워커들이 전부 나누어져 뛰어다니기 시
작했다. 티아는 당장 지도를 펼쳐 혼의 소재를 파악하려
고 했다.

"어디로 튄 거야."

신속의 능력으로 사라진 것일까? 아니, 고작 신속의 능력자의 움직임을 눈으로 좇을 수 없는 워커는 포사토이오에 존재하지 않는다. 그들이 아무리 빠르더라도 정말 흔적도 없이 사라질 수는 없다는 것이다.

지도를 펼친 티아는 무언가 브로크데일에서 반짝이는 것을 발견했다. 브로크데일에 남아있는 워커는 없었다.

그때, 갑작스럽게 길드 가입 신청이 들어왔다. 길드 가입 신청을 한 것은 니나였다.

그제야 티아는 깨달았다.

"망할 새끼가!"

티아는 냉정을 잃고 지도를 바닥을 내던졌다.

❖

중앙관리위원회의 벽에는 붉은 포탈이 남겨져 있었다. 천화와 다테, 그리고 미셸은 매일 같이 그 앞에서 혼이 돌아오기를 기다렸다.

작전의 성패는 이 포탈로 혼이 돌아오느냐 못하느냐에 달려 있었다. 천화는 지도를 보고 다시 포탈을 보는 것을 반복했다. 오로지 단 한 명. 아니, 한 마리만 걱정하지 않고 있을 뿐이었다.

하양이는 하품을 하며 입맛을 다셨다.

'아따 그 인간 안 죽는데 말이야.'

하양이는 고개를 절레 흔들었다. 이제 성장이 거의 다 되었다. 곧 있으면 싸울 정도의 크기까지 자랄 수 있다.

혼과 계약을 맺은 하양이는 혼의 상태를 실시간으로 알 수 있었다. 혼은 아주 태평한 상태였다.

그런데 그 순간, 단 한 번도 느껴보지 못한 감정이 하양이에게로 들어왔다. 그것은 긴장이었다.

그 혼이 긴장하는 것이다. 아무래도 일이 시작된 듯싶었다.

'곧 오겠군.'

하양이는 그때부터 포탈을 노려봤다.

이윽고 의자의 아랫부분이 튀어나왔다. 의자에 앉아있던 혼은 그대로 땅으로 떨어져 뒤통수를 박았다.

"아, 이렇게 나오는 거였나? 천장에 설치할걸."

혼은 머리를 쓰다듬으며 일어났다.

"혼씨!"

천화는 혼에게로 달려들었다.

"수고했다."

다테가 안도의 한숨을 쉬며 혼에게 손을 내밀었다. 자리에서 일어난 혼은 주위를 둘러보며 누군가를 찾았다.

"니나는?"

"묶어 놓았어요."

혼은 천화가 가리킨 쪽을 쳐다봤다. 니나는 모든 것을 포기한 듯 천장만 쳐다보고 있었다.

"100시간 다 써서 다시 넣을 수는 없을 거 같아요."

천화는 혼에게 반지를 건넸다.

매서커를 죽이고 얻은 군주기 순간 캡처. 니나를 메이즈 헌터에 가입시킨 뒤 반지에 가둬놓은 것이었다. 그것이 온 도시를 전부 뒤졌음에도 니나를 발견할 수 없었던 이유다.

혼이 떠나고 나서 천화는 니나를 꺼내 미셸의 초합금 사슬로 묶어 놓았다. 니나는 혼을 보며 아쉽다는 듯이 말했다.

"죽었을 줄 알았는데 말이야."

"간단히는 안 죽지. 인도자니까."

혼은 니나에게 말했다.

"자 이제 다시 포사토이오 길드에 가입해."

"놔주는 거야?"

미셸이 끼어들었다.

그녀는 니나를 놓아주면 무슨 일이 일어날지 아주 잘 알고 있었다. 격분한 티아는 당장 브로크데일로 쳐들어올 것이고, 브로크데일은 멸망의 길을 걸을 것이다.

"나랑 한 약속은?"

"누가 놔준다고 했어?"

혼은 니나에게 다시 말했다.

"포사토이오에 길드 신청해. 내가 포사토이오니까 나한테 하면 될 거야."

니나는 눈을 동그랗게 뜨고 쳐다보다가 혼이 시킨 대로 했다. 포사토이오 길드에 가입하는 건 당연한 일이었다. 혼은 니나가 길드에 추가된 것을 확인하고 미소를 지었다.

"자, 그럼 이제 지도를 봐볼까."

혼은 지도를 가리키며 말했다.

그곳에는 수백 개의 빛이 떠다니고 있었다. 그것들은 오로지 혼과 니나에게만 보이는 빛이었다. 혼은 모베라에 모여있는 빛을 가리키며 니나에게 말했다.

"이 빛 중 하나라도 이 브로크데일로 오거나, 모베라에서 떠나지 않으면 넌 죽는다."

"에?"

니나는 당황한 표정으로 혼을 쳐다봤다.

"넌 아직도 인질이고, 끝까지 인질일 거야. 만약 포사토이오가 브로크데일로 오면 너도 죽고, 나는 길드를 탈퇴해 우리 사람들과 도망칠 거다. 아, 맞아. 미셸, 그렇게 되면 브로크데일도 끝이야."

"약속이 틀리지 않나?"

미셸이 흥분해 말했다.

"아니, 나는 말했지. 리스크는 있을 거라고. 이게 그 리스크야. 작전 실패의 리스크는 없었어. 성공은 확신했거든."

혼은 미소와 함께 말하고 다시 니나에게 말했다.

"앞으로 잘 부탁해. 니나양."

"이 나쁜 놈아!"

"미궁에 나쁜 놈 많지. 나도 그중 하나고."

혼은 니나의 머리를 툭툭 치며 일어났다.

"자, 그럼 우리가 했던 약속에 대해 말해볼까요. 미셸 신더벨씨."

혼은 테이블에 앉아 다리를 꼬았다. 미셸은 반대편에 앉으며 한숨을 쉬었다.

"아마 일을 도와주는 조건은 브로크데일과 모베라의 안전과 자유 보장. 대신 브로크데일과 모베라는 메이즈 헌터를 최우선 아군으로 삼으며 무슨 일이 있어도 도와준다. 뭐 그런 이야기였지."

"그렇지. 일단 안전과 자유는 보장되었어. 저 니나가 우리 손에 있는 한 말이지. 어쨌든 나는 포사토이오의 일원이고, 또 동맹관계라서 포사토이오에 해가 되는 일은 하지 않을 거야. 오히려 이득을 주겠지. 그게 평화를 지키는 방법이기도 하고. 물론 거기는 내가 아무리 도와줘도 날 싫어하겠지만."

혼은 킥킥거리며 웃다가 다시 말을 이어갔다.

"다만 무슨 일이 있어도 도와준다. 그 문구가 애매하잖아. 무슨 일이 있어도 도와줄 수는 없지. 당장 브로크데일이랑 모베라가 죽는 상황에서 나를 도와주지는 않을 거 아니야. 안 그래? 미셸 신더벨씨."

"똑바로 보았다."

미셸은 도시를 위해 일한다. 이번에 혼을 도와준 이유는 그것이 도시를 도와주는 일이라 생각했기 때문이다.

"그래서 일단 중요한 건 이거야. 우리 메이즈 헌터에 해가 되는 행동은 절대로 하지 않는다. 예를 들면 포사토이오를 도시에 들인다든가 그런 거 말이지."

"그건 우리도 손해다. 네 말대로 니나가 탈출하면 우리 모두 죽는 거니까."

"그리고 점수 지원 좀 해줘."

"점수? 얼마를 원하나?"

"4만 5천점."

혼의 말에 미셸은 고개를 끄덕였다.

"가능하다. 점수는 많은 도시니까. 그 정도는 주지."

"쿨하네. 난 꽤 많이 불렀는데."

4만 점은 다테와 천화를 트라이 마스터로 만들기 위한 점수였다. 그리고 나머지 5천 점은 혼이 산 일회용 지팡이의 가격이었다. 이번 일로 그 지팡이는 벌써 얇은 나뭇가지가 된 것이나 다름이 없으니까.

"점수는 당장 주지. 밖에 있나?"

"네!"

브로크데일 방어군 한 사람이 안으로 들어왔다.

"사무장님에게 점수 4만 5천 점을 가지고 오라고 전해 줘."

"알겠습니다. 대표님."

병사가 밖으로 나가고 사무장은 빠르게 점수를 가지고 나타났다. 혼은 4만 5천점을 흡수한 뒤 다시 2만 점으로 만들어 다테와 천화에게 넘겼다.

"자, 빨리 트라이 마스터가 되라고. 그래야 싸울 수 있으니까."

다테와 천화는 얼떨결에 2만 점을 흡수했다.

"나, 나중에 해도 될까?"

다테는 각성창을 열고 고민을 하다가 말했다. 혼은 그의 모습에 피식 웃고는 고개를 끄덕였다.

"긴장돼?"

"당연하지! 이상한 능력 나오면 망하는 거 아니야."

다테는 제발, 인도자는 아니더라도 좋은 능력이 나와주기를 기대하고 있는 것처럼 보였다. 천화도 비슷한 두려움에 선불리 각성을 누르고 있지 못했다.

"천천히 해. 누가 오고 있지도 않으니."

포사토이오는 아직 모베라에 주둔하고 있었다.

"그래도 오늘 안으로는 해야 한다."

"당연히. 일단 밥 먹고 하지."

다테는 배를 두드리며 말했다.

"더 필요한 게 있으면 말해라. 포사토이오가 만약 브로크데일로 안 오고 네 말대로 물러간다면 뭘 못 해주겠는가."

미셸은 자리에서 일어나며 혼에게 손을 내밀었다.

"성공을 축하한다."

"뭐, 그쪽도."

혼은 미셸의 손을 맞잡으며 자리에서 일어났다.

NEO MODERN FANTASY STORY & ADVANTURE

메이즈
헌터

Maze Hunter

6

티아는 철수했다.

대신 그녀는 모베라의 난쟁이를 시켜 혼에게 말을 전했다.

—동맹으로서 네가 우리를 도와준다면 너희를 놔두겠다. 훗날 너희들의 가치가 어느 정도 되었을 때는 내 이름을 걸고 정식 동맹을 맺겠다. 만일 너희가 포사토이오에 위해를 가한다면 니나를 포기하면서라도 너희를 칠 것이다.— 티아 칸.

혼은 꾸밈없는 편지를 받아 들고 고개를 끄덕였다.

"뭐, 걱정 안 해도 되는데 말이지."

"하하하하, 죽어라, 아르마티아!"

"꺄악!"

혼의 뒤로는 아르마티아와 리첼리아가 엉겨 붙어 뒹굴고 있었다.

니나의 감시는 리첼리이와 천화에게 맡겼다. 리첼리아에게는 만일 니나가 도망을 치려고 한다면 바로 죽이라고 일러두었다. 만약에 니나와 아르마티아가 리첼리아를 따돌린다고 하더라도 천화가 평화조약으로 시간을 벌 수 있는 조합이었다.

"그나저나 각성은 언제 할 거야?"

"슬슬 해야죠."

니나와 아르마티아는 풀이 죽어서 걷고 있었다.

니나와 아르마티아에게는 두 가지 제약이 걸려있었다. 첫째로 아르마티아가 사라지면 안 되는 것. 그녀가 니나의 몸에 들어간 것인지, 아니면 붓으로 변한 것인지, 그것도 아니라면 날라서 어디로 간 것인지 알 수 없기 때문이다.

생리현상도 없는 아르마티아가 화장실 갔다는 것도 말이 안 되기 때문에 니나와 아르마티아는 항상 둘이 붙어다닐 수밖에 없었다.

또 한 가지는 행동반경이었다. 만일 니나와 아르마티아가 지정된 구역에서 넘어갈 경우 경보가 울리게 되어있었다. 천화와 리첼리아만 동행하면 시내는 마음대로 돌아다닐 수 있어 생활에는 문제가 없는 제약이기도 했다.

"공짜 밥도 먹고. 좋지 않냐?"

혼의 말에 니나가 고개를 들어 그를 노려봤다.

"에휴, 노려본다고 뭐가 되나."

도망을 시도해보지 않은 것은 아니었다. 일단 리쳴리아와 천화를 뚫고 도망치기 위해서는 아르마티아가 니나와 접촉해 붓이 될 필요가 있었다. 그러나 리쳴리아는 아르마티아와 니나가 붙어 있을 때마다 귀신같이 알아보고 한마디 했다,

"나 인도자 죽이는 건 되게 오랜만이야."

그런 말을 듣고 붙어있을 수 있겠는가.

아르마티아의 말에 따르면 리쳴리아 개인의 능력으로도 웬만한 능력자들은 무 썰 듯 쉽게 베어버린다고 했다.

니나는 어디까지나 보조형이었다. 탄생의 인도자는 안전한 곳에서 창조에만 집중할 때 그 힘을 발휘하는 것이다.

죽음의 인도자는 인도자 중에서도 최상의 무력을 가진 자.

'멀리 보자. 멀리.'

니나는 탈출을 서두르지 않기로 했다. 니나가 죽는 순간 포사토이오 또한 움직일 것이기에 혼은 니나를 절대로 죽이지 않을 것이다.

넘치는 게 시간이라는 것이다.

"자, 그럼 이제 각성을 해보자고."

중앙관리위원회의 회의실.

책상을 전부 다 치운 그곳에 미셸과 천화, 그리고 다테가 모여있었다. 리첼리아는 아르마티아와 니나를 감시하기 위해 다른 곳에 가 있었다. 천화의 다테는 마치 면접이라도 보듯 가운데 놓여 있는 의자에 앉았다.

다테는 심호흡을 하더니 검지를 들며 말했다.

"자, 한다."

다테는 각성을 눌렀다.

회의장은 조용해졌다. 모두가 다테의 변화를 주시했다.

감겨 있던 다테의 두 눈이 번쩍 떠졌다. 다테는 혼을 쳐다보며 고개를 끄덕였다.

"어쩌라고? 능력이 뭔지나 말해."

혼의 반응은 차가웠다. 다테는 쩝하고 입맛을 다셨다.

"폼 좀 잡아봤다."

"능력은?"

다테는 손가락 세 개를 펼치며 말했다.

"일명 삼색 담배다."

"그런 거로는 아무도 못 알아듣는다."

"뭐, 담배를 피우면 강화되고 그런 거야. 자세한 건 나중에 싸울 때 보라고."

다음은 천화의 차례였다. 천화는 잠시 뜸을 들이다가 각성을 누르고 눈을 질끈 감았다.

뭔가가 그녀의 주변을 감싸는 것만 같은 느낌이 들었다.

천화는 조심스럽게 눈을 떴다. 주변은 초원이었다. 꽃이 군데군데 피어 있었고, 나무가 하나가 홀로 웅장하게 서 있었다.

마치 천 살은 넘어 보이는 나무는 하늘을 완전히 가렸다.

천화는 넋을 잃고 나무를 올려다보고 있었다. 바람이 그녀의 머리를 흩날리며 지나갔다. 천화는 잠시 머리를 잡고 바람이 불어온 방향으로 시선을 돌렸다 다시 나무를 보았다.

나무 아래에는 작은 소녀가 서 있었다.

초록색 단발머리. 하얀 원피스.

아직 10살도 되어 보이지 않는 소녀는 영겁의 세월을 지낸 듯 호수처럼 맑고 깊은 눈을 가지고 있었다.

천화는 뭐에 홀린 것처럼 소녀의 앞으로 걸어갔다. 소녀는 천화가 다가오자 치마를 잡고 인사를 하며 말했다.

"반갑습니다. 미궁에서 가장 이질적인 화합의 인도자여."

소녀의 청아한 목소리가 천화의 귀를 뚫고 들어와 전율을 일으켰다.

인도자.

미궁에 다섯뿐인 역사를 바꾸는 사람들.

천화가 아는 인도자, 즉 혼을 기준을 잡을 경우 인도자란 사상을 초월한 인물들이 선택되는 것이라고 볼 수 있었다. 혼은 천화가 생각하더라도 죽음의 인도자라는 별명이 가장 잘 어울리는 워커였다.

그런데 화합의 인도자? 천화가?

천화는 소녀를 가만히 보다가 입을 열었다.

"어, 잘못 찾아온 거 같은데. 그니까 인도자는 대단한 사람이잖아."

"당신도 대단하죠. 대단히 답답하죠."

소녀가 까르르 웃었다.

"제 이름은 타르티스. 화합의 인도자님을 뵙습니다."

타르티스는 원피스 치마를 살짝 들며 고개를 숙였다. 천화는 당황한 듯 타르티스를 바라보다가 입을 열었다.

"화합의 인도자라면 도대체 무슨 인도자야?"

죽음의 인도자. 탄생의 인도자.

이 두 인도자는 이름만으로도 그 역할을 알 수 있었다. 죽음의 인도자는 모든 것을 죽일 수 있는 일루미나라는 무기를 얻으며, 탄생의 인도자는 새로운 생명, 혹은 물건을 창조하는 붓 소즈다니예를 가지고 있었다.

화합은 뭐란 말인가?

"화합이란 말 그대로 화합입니다. 모두가 사이좋게 살 수 있게 만드는 능력을 가지고 있습니다."

타르티스는 미소와 함께 말했다.

"당신은 선택받았습니다."

그 말을 마지막으로 천화의 눈이 번쩍 떠졌다.

천화는 숨을 거칠게 내쉬며 주변을 쳐다봤다. 혼과 눈이 마주친 천화는 애써 진정하며 입을 열었다.

"어, 그러니까 제 능력은……."

천화는 혼과 다테를 돌아보고는 말했다.

"뭐, 이런 아이를 만났는데. 타르티스."

천화의 말과 함께 소녀가 천화의 몸에서 튀어나왔다. 천화의 무릎 위에서 앉아있던 하양이가 놀라 굴러떨어졌고, 타르티스는 그런 하양이를 슬쩍 쳐다봤다.

"뭡니까? 백령도 있네요. 어머~ 역시 화합의 인도자. 백령도 키우다니."

타르티스는 하양이를 보며 미소를 지었다.

"안녕하십니까. 이번에 천화님을 모시게 된 화합의 천사. 타르티스입니다."

하얀 원피스를 살짝 들며 고개를 까닥거린 타르티스는 혼을 발견하고는 놀란 입을 가렸다.

"어머, 이번 죽음의 인도자도 특이하네요."

"뭐가 특이하지?"

혼은 바로 되물었다. 타르티스는 어깨를 으쓱하더니 천화에게로 가 그녀의 무릎 위에 앉았다. 자기 자리를 빼앗긴 하양이는 한참을 타르티스를 노려보다가 혼의 무릎으로 자리를 옮겼다.

"넌 왜 여기오냐?"

혼의 말에 하양이가 살짝 반응한 뒤 한숨을 쉬었다.

"질문에 답을 하자면."

타르티스는 천화의 가슴에 머리를 기대며 말을 이어갔다.

"인도자들은 대부분 정해져 있거든요. 탄생은 보통 과학자나 의사. 죽음은 미치광이 살인마, 화합은 전형적인 리더. 뭐 이런 식으로. 그런데 이번 죽음은 이성으로 가득찬 괴물, 그리고 화합은 순진무구한 이상주의자."

타르티스의 말대로 혼 또한 특이한 축에 끼었다. 킬러라는 직업은 죽음의 인도자와 아주 잘 어울린다고 생각할 수 있었다. 하지만 역대 죽음의 인도자들은 사람을 죽이는 것을 즐기는 자들이었다.

미치광이 살인마들. 혹은 킬러라 하더라도 사람을 죽이는 것이 좋아 킬러가 된 사람들이 죽음의 인도자로 선택되었었다.

하지만 혼은 달랐다. 혼은 살인을 즐기지 않았다.

그에게 살인은 유흥거리가 아닌 삶이었다. 어떻게 보면 지금까지 죽음의 인도자를 했던 사람들보다 훨씬 죽음의 인도자에 가까운 것이 혼이었다.

"뭐, 우리 화합의 인도자님에 비하면 평범한 편인가 싶기도 하고."

혼은 이상한 사람을 보듯 타르티스를 쳐다봤다. 그나마 아르마티아가 정상인 듯싶었다. 혼은 다시 질문을 시작했다.

"그래서, 능력은 뭐야?"

"아! 맞아. 능력. 편리한 능력이 생겼어요."

천화는 손을 들며 말했다.

"타르티스, 천상의 서약서."

공중에 떠 있던 타르티스는 양피지를 소환한 뒤 그 위에 천상의 서약서라고 적었다.

"인도자님, 뭐라고 적을까요?"

"음, 그럼 오늘 저녁은 혼씨가 만드는 거로."

"그럼 확인했습니다아."

타르티스는 서약서에 뭔가를 휘갈겨 쓴 뒤 혼에게 건넸다.

"자, 사인하세요."

혼은 서약서를 보았다.

천상의 서약서.

혼은 서약서가 작성된 XX년 X월 XX일의 저녁을 책임진다.

만약 책임지지 않을 경우 식중독에 걸린다.

서명 _____

"서명은 본인이 하셔야 해요. 아, 손가락으로 끄적이시면 돼요."

"딱히 사인하고 싶지 않은 조약이네."

"능력을 시험해봐야죠."

천화가 천진난만하게 웃으며 말했다. 혼은 져주는 셈 치고 손가락으로 사인했다. 타르티스는 서약서를 받아들고는 방긋 웃었다.

"고맙습니다."

타르티스는 서약서를 어깨너머로 천화에게 던졌다. 서약서를 확인한 천화는 눈을 동그랗게 떴다.

"식중독이라니?"

"눈에 보이는 효과가 있어야 정확히 알 거 같아서 그렇게 했습니다."

타르티스가 미소와 함께 말했다. 천화는 걱정스러운 얼굴로 혼을 쳐다봤다. 천화의 속을 아는지 모르는지 혼은 태연하게 말했다.

"아무 일도 안 일어나는데? 그리고 이게 화합의 능력인가?"

"아, 오빠가 뭘 좀 모르시네. 이번에 화합의 인도자가 되신 우리 천화 언니야 뭐 신의다 뭐다하는 이상한 화합을 원하지만 화합은 언제나 종이 쪼가리에서 시작되었거든요. 헌법, 조약, 무역, 합병, 뭐 모든 약속은 이 종이 쪼가리로 시작되지 않던가요?"

인간의 화합이란 약속으로 시작된다. 약속이라는 말이 변화되어 법이 되고 거래가 되는 것이다.

전쟁을 끝내겠다는 조약서를 적고, 모든 나라는 그것에 따른다. 헌법이라는 테두리 안에 무엇이 범죄인지를 적고, 범죄를 저지른 사람을 어떻게 처벌할지를 약속한다. 인간은 그 약속이 당연한 것처럼 여기고 따른다.

미궁에는 그러한 약속이 없다. 강력한 시스템이 만들어내는 억제력이 전혀 존재하지 않는다.

이 미궁에 진정한 화합이라는 것이 존재할 수 없다는 것이다. 덕분에 혼은 니나를 인질로 계속해서 잡고 있고, 티아 칸의 포사토이오는 어떡하면 혼을 죽일 수 있을지 고민하는 중이다.

"진정한 화합은 힘이 필요하죠. 우리 인도자님처럼 바보처럼 착하고 올곧기만 해서는 뭐 배신당하고 죽을 뿐이겠죠. 슬퍼라. 힝."

타르티스는 눈물을 훔치는 척을 하며 천화를 쳐다봤다.

"그나저나 아무 효과도 없는 거 같은데."

"저녁을 안 했을 경우 식중독이 걸린다가 조건이니까
요."

천화는 한숨을 쉬었다.

"저녁, 안 하실 거죠?"

❖

그날 저녁.

화장실 안에서 혼이 속을 비워내는 소리가 들렸다. 얼
굴이 창백해진 혼이 젖은 얼굴로 머리를 쓸어 올리며 밖
으로 나왔다. 천화는 미안한 얼굴로 혼에게 휴지를 건넸
다. 혼은 얼굴을 닦은 뒤 의자에 털썩 앉았다.

"그러니까, 저녁을 안 해서 내가 아무것도 안 먹었는데
식중독에 걸린 거라는 거지?"

"정답!"

타르티스는 검지를 들며 말했다.

"그럼, 한 가지 실험을 더 해보자."

"죽음 오빠, 실험 정신 가득하네."

타르티스는 미소를 지으며 새로운 서약서를 꺼냈다.

"그래서 우리 죽음 오빠는 뭘 쓰고 싶은데?"

"내가 천화를 당장 때리지 않으면 웃통을 벗는다."

혼은 의식에 대해 실험을 하려는 것이었다. 식중독이라는 것은 일종의 저주로 가능한 일이었다. 질병이라는 것은 우연히도 일어날 수 있고, 또 미궁이라는 특성상 다른 이의 신체에 질병을 일으키는 것은 그리 어려운 것이 아니다.

그러나 만약 마음 지배가 된다면?

천화를 때리지 않았다고 과연 혼이 옷을 벗을까?

만약 벗는다면 그건 상황이 어쩔 수 없어 벗게 되는가, 아니면 옷이 저절로 벗겨지는 것인가.

정확한 능력의 성능을 위해 실험을 해볼 필요가 있었다.

"자, 사인하세요."

타르티스는 서약서를 내밀었다. 혼은 손가락으로 사인했다.

"10초 안에 안 때리면 옷을 벗는 거로."

혼은 가만히 앉아있었다. 순식간에 10초가 지나갔고, 천화는 기대 반, 걱정 반으로 혼을 쳐다봤다.

"아무 일도……."

무슨 말을 하려던 혼은 갑자기 벌떡 일어나 웃통을 벗었다. 천화는 입을 가리고 혼을 올려다보았다.

"진짜 벗네요."

혼은 옆머리를 긁적였다.

'이런 거군.'

갑작스럽게 머리에서 옷을 벗고 싶다는 욕구가 치솟았다. 그것은 중증 마약중독자가 마약을 원하는 것보다도 훨씬 강력한 위력이었다. 만약 옷을 벗지 않았다면 벗을 때까지 그 욕구는 계속되었을 것이다.

서약서의 제약은 생각을 뒤틀어버리는 능력이다.

차라리 누군가가 옷에 뜨거운 커피를 부어 옷을 어쩔 수 없이 벗어야 하는 상황이 벌어졌거나. 혹은 옷을 안 벗으면 몸에 고통이 오는 그러한 능력이었다면 천화의 능력을 저평가했을 수도 있다.

천화의 능력이라면 니나를 당장 메이즈 헌터로 만드는 것도 가능했다. 만약 서약서에 니나는 포사토이오를 증오하고 메이즈 헌터에 합류하기를 간절히 원하는 것을 맹세한다고 적는다면 정말로 그녀의 마음이 그렇게 움직이는 것이다.

상대방의 동의를 구해야 하는 것이 단점이지만.

혼은 다시 의자에 앉았다.

"서약서에 다른 제약은 없나?"

"당연히 있죠. 서명하는 사람은 무조건 서약서의 내용을 인지하고 서명을 해야 하며, 또 의지가 없이는 서명되지 않습니다. 이거 중요. 별표 한 다섯 개."

"강제성이 없다는 거네."

생각만큼 유용하게 쓸 수는 없을 것만 같았다.

혼은 서약서에 다른 종이를 겹쳐 사인만 하게끔 하는 트릭을 생각하고 있었다. 그러나 내용을 인지하지 않은 상태로 하는 사인은 전혀 상관이 없다. 단순한 트릭으로는 적을 속일 수 없다는 것이다.

"그래서 전투력은?"

"별거 없어요. 니나씨처럼."

화합의 인도자는 능력의 힘이 강한 대신 전투력은 꽝이었다. 타르티스가 아무리 날고 기어봤자 다른 원을 가진 워커들에 비하면 약할 수밖에 없었다. 그나마 다행인 점은 천화의 능력이 방어에 특화되어 있다는 것이다. 그녀는 그 누가 공격을 해와도 혼자 오랫동안 버틸 수 있었다.

"그보다 옷 좀 입으시죠?"

천화가 자리에서 일어났다. 혼은 어깨를 으쓱하며 일어났다.

브로크데일에서 있었던 일은 간략하게 신문에 소개되었다. 레드 핸드가 괴멸 직전 상태에서 도망쳤고, 포사토이오는 모베라를 버리고 다시 본인들의 본진으로 돌아갔다는 뉴스였다.

다행히 그 가운데에 메이즈 헌터라는 이름은 없었다. 비중이 작아서가 아니라 해체되었기 때문이다. 최소 3인이 모여야 길드가 만들어지기 때문에 혼이 포사토이오가 된 지금 메이즈 헌터는 자동으로 해체된 상태였다. 덕분에 미궁의 그 누구도 아직 메이즈 헌터에 대해 제대로 알 수 없었다.

"어쨌든 이 서약 덕분에 상황은 더 좋아졌네."

혼은 주변을 돌아보았다.

니나는 리첼리아가 보고 있었다. 미셸의 집 뒷마당에서 다테가 고기를 굽고 있었고, 그 앞에는 니나가 턱을 괴고 앉아있었다. 혼은 니나를 발견하자마자 타르티스에게 말을 걸었다.

"서약서 하나 만들어야겠다."

"오빠 명령은 안 들을 건데요?"

"천화야."

"타르티스, 혼씨가 시키는 대로 해줘."

타르티스는 입을 삐죽 내밀었다.

"뭐 화합과 죽음은 친구니까 상관없죠."

화합은 언제나 죽음과 친구였다. 화합을 방해하는 자들은 처형당하기 일쑤였다. 모두가 한 조건이 적혀 있는 서약서에 동의할 수는 없었고, 동의하지 않는 자들은 어떤 식으로든 제거되어야 했다.

"그래서 뭘 만들고 싶으시죠?"

타르티스는 혼의 말을 받아 적은 뒤 서약서를 건넸다. 혼은 서약서를 받자마자 곧바로 뒷마당으로 내려갔다.

"아, 천화랑 타르티스는 따라오지 마. 인도자끼리는 알아보니까."

뒷마당에는 천화와 혼을 제외한 모든 사람이 모여 있었다.

아르마티아는 여전히 리첼리아에게 붙잡혀 괴롭힘을 당하고 있었고, 니나는 그 모습을 한심하게 쳐다봤다.

"하아, 반대였어야 해."

"인도자가 된 걸 고마워해야지. 그러니까 살아있잖아."

혼이 니나의 옆으로 오며 말했다. 니나는 한숨을 내쉬더니 고개를 절래 흔들었다.

"내가 인도자라 너희가 살아 있는 거겠지."

"자, 사인해."

혼은 다짜고짜 서약서를 내밀었다. 니나는 서약서를 확인하더니 인상을 찌푸렸다.

"이건 뭐냐?"

"문서화시켜놓으려고."

혼은 빙긋 웃었다. 니나는 혼이 무슨 생각을 하는지 알 수 없었다. 이 미궁은 문서 쪼가리로 사람을 믿을 수 있는 곳이 아니었다. 다른 사람도 아니고 혼이 그 사실을 모를 리가 없었다.

혼은 펜을 꺼내더니 니나에게 건넸다.

"자 사인해."

"내가 이걸 왜 사인해? 안 해."

니나는 서약서를 다시 혼에게 던졌다. 혼은 받아 들고
는 머리를 긁적였다. 확실히 화합은 협상이 필요하긴 했
다. 어차피 밑져야 본전으로 던져본 것이었다. 혼은 니나
가 혹할만한 것이 뭔가를 생각했다.

"그나저나 이 종이에 써진 조건은 뭔데?"

"뭐가 어때서?"

"니나 베론은 앞으로 브로크데일을 절대로 떠나지 않는
다. 앞으로의 집안일을 비롯한 잡일을 책임진다. 혼, 천
화, 다테, 미셸을 비롯한 브로크데일 주민에게 해를 가하
지 않는다. 만약 어길 시에는 서약을 따를 때까지 극심한
간지럼에 시달리게 된다. 내가 이런 거에 사인할 거 같
아?"

"왜, 어차피 못 떠나는 건 매한가지잖아."

"아니, 이 뒤에 잡일은 뭐냐고?"

"지금은 식충이잖아. 네가 우리를 위해 뭘 해주는 것도
아니고. 그런 잡일 정도는 해도 되지. 안 그런가?"

"너 제네바 조약도 몰라? 모든 인질은 인도적인 대우를
받아야……"

"내가 뭐 성노예를 하라고 했냐? 아니면 고된 노동을

시켰냐. 인도적으로 대우했다고 이미."

혼은 다시 서약서를 내려놓으며 말했다.

"사인하면 감시도 붙이지 않겠다. 어때?"

"감시를 안 붙인다고?"

니나는 도끼눈을 뜨고 혼을 노려봤다. 이 치밀한 남자
가 감시를 붙이지 않겠다는 말을 믿을 수가 없었다. 이 서
약서가 뭔지는 몰라도 사인을 하면 절대로 안 될 거 같은
느낌이 들었다.

"저건 천상의 서약서……."

아르마티아가 힘겹게 기어와 말했다. 그 타이밍을 놓치
지 않고 니나가 되물었다.

"그게 뭔데?"

"화합의 인도자가 쓰는 건데, 절대적으로 지켜야 하는
서약서에요. 만약 안 지키면……. 까아악!"

리첼리아가 아르마티아의 머리르 잡았다. 아르마티아
는 비명을 지르다가 눈물을 머금고 말했다.

"근데 진짜로 리첼리아를 데려갈 건가요?"

"그렇게 하도록 하지."

"인도자님."

아르마티아가 니나를 올려보며 울상을 지었다. 그 순간
리첼리아가 다시 아르마티아의 발을 붙잡아 끌고 갔다.

"까아악!"

니나는 아르마티아를 보다가 고개를 절래 흔들었다. 그나저나 화합의 인도자라니. 갑자기 다른 인도자가 브로크데일에 들어와서 혼과 팀을 맺었을 리는 없다. 그렇다면 이미 알고 있던 자들중에 인도자가 있었다는 것인데…….

"아, 그 여자."

니나는 천화를 생각해냈다. 이제 막 점수를 얻어서 트라이 마스터가 된 여자였다. 그 여자가 설마 인도자가 되었다는 것인가?

고작 3명짜리 길드에 인도자 둘이라니. 이 무슨 비율이란 말인가.

니나는 잠시 천화에 대해 생각을 하다가 고개를 절래 흔들었다. 지금 중요한 것은 서약서에 사인하느냐 마느냐였다.

"정말로 저 리쳴리아라는 걸 데려가는 거지? 감시도 없어지고."

"맞아."

서약서가 강제력을 가지고 있다고 안 이상 감시와 서약서의 내용을 저울질해봐야 했다. 최악의 경우 니나는 브로크데일에서 나갈 수 없으며, 천화와 혼, 그리고 다테에게 위해를 가할 수도 없고, 또 잡일까지 해야 했다.

그러나 리쳴리아가 사라지면 능력을 마음대로 쓸 수 있었다. 창조의 능력은 강력하다. 잘만 사용하면 충분히 훗날 반격의 기회를 잡을 수도 있었다.

'일단 능력을 되찾는게 중요해.'

니나는 결정을 마치고 펜을 들어 서약서에 사인했다. 일단 어떻게든 감시를 떨어트려 놓는 것이 급선무였다.

"자, 사인했다. 이제 당장 때어놔."

"그렇게 하도록 하지. 리첼리아!"

혼이 외치자 리첼리아가 툴툴거리며 다가왔다.

"한참 재밌었는데. 왜 그러시나요?"

"앞으로 아르마티아 괴롭히지 말고 감시도 하지 마라."

"어머, 그렇게 심한 말을! 제 낙을 빼앗아 가시는 건가요? 요즘 여기 처박혀서 별로 싸우지도 않으시면서."

"일루미나."

"아! 진짜!"

리첼리아는 강제로 일루미나로 변했다. 혼은 은색의 검을 허리춤에 찬 뒤에 니나를 보며 미소를 지었다.

"자, 약속은 지켰다. 이제 나와도 돼. 천화야."

혼의 말에 천화가 뒷마당으로 나왔다. 그녀의 머리 위에는 타르티스가 싱글벙글 웃으며 매달려 있었다. 아르마티아는 그럴 줄 알았다는 듯이 한숨을 쉬며 말했다.

"타르티스."

타르티스는 혼이 던진 서약서를 받아 챙기며 미소를 지었다.

"우와, 탄생 언니 사인이네. 잘 받았어요."

"저기 정확히 뭐라고 적혀 있었어요?"

아르마티아가 니나에게 물었다.

"브로크데일을 떠나지 않는 것과 잡일은 내가 한다고 적혀 있었는데. 왜?"

"빨리 잡일 하셔야겠네요."

아르마티아가 풀이 죽어 말했다. 니나는 어쩔 수 없다는 듯이 씁쓸한 표정을 짓고는 말했다.

"일단 소즈다니예로 변해봐."

"네."

니나는 아르마티아를 붓으로 바꿨다. 그럼에도 혼은 딱히 반응하지 않았다. 그만큼 서약서를 믿는다는 증거이기도 했다. 니나는 소파를 그려 창조를 한 뒤에 앉은 뒤 아르마티아에게 물었다.

"그래서 지금 보니까 저 천화라는 여자도 인도자가 된 거 같은데."

-타르티스. 화합의 인도자예요.-

"화합이라면?"

-강제로 화합을 시키는 인도자죠. 저 여자는 그런 리더 스타일로 보이지는 않는데.-

혼은 다테를 턱으로 가리키며 니나에게 말했다.

"그렇게 천화를 노려보고 있을 때가 아닐 텐데? 저기

다테가 굽는 거 네가 대신 구워야 하는 거 아닌가?"

"정말 내가 잡일을 할 거 같아?"

"뭐 하기 싫으면 하지 말고."

혼은 대수롭지 않게 말했다. 서약서는 어떻게든 니나에게 잡일을 시킬 것이다. 그 잡일이 무엇인지를 알아내는 것은 아마도 니나의 몫이 되겠지만.

니나는 고기를 굽고 있는 다테를 보며 피식 웃었다. 니나도 정확한 서약서의 능력을 시험해 보고 있었다. 간지럼이라고 해서 다 같은 간지럼이 아니지 않던가.

─저기, 인도자님. 빨리 잡일을 하지 않으면 서약서에 써진 대로 간지럼이……─

"아무 일도 안 일어나잖아. 아르마티아. 너는 걱정이 너무……! 히히! 잠깐! 히히! 잠깐!"

니나가 갑자기 몸을 비틀기 시작했다. 저녁 준비를 하고 있던 다테와 미셸은 혼자 브레이크 댄스를 추는 니나를 의아하게 쳐다봤다.

천화는 서약서의 내용을 확인했다.

"간지럼이요?"

"죽일 수는 없잖아."

혼은 마치 개그 프로를 보듯 니나의 행동을 보고 있었다. 니나는 한참을 발광하다가 다시 소파를 잡고 겨우 일어났다.

"알았어, 알았어! 아하하하하하! 알았다고! 아! 제발. 할게. 일한다고!"

니나가 그렇게 외치자 간지러움이 조금 잦아들었다. 니나는 재빨리 다테에게로 달려가 집게를 건네받았다. 그제야 전신을 간질이던 무언가가 사라지고 평온이 찾아왔다. 니나는 거친 숨을 내쉬며 혼을 쳐다봤다.

"이게 서약서의 힘이라는 거지?"

"그래."

"그래서, 이거 평생 가는 거야?"

혼은 어깨를 으쓱하며 타르티스를 쳐다봤다.

"인도자님이 파기해주던가, 아니면 인도자님이 죽던가. 뭐 둘 중 하나가 아니라면 평생 가죠."

니나는 한숨을 쉬었다.

"미치겠네."

집게를 빼앗긴 다테는 혼과 니나를 번갈아 보다가 입을 열었다.

"나는 이제 쉬면 되나?"

"그래, 구워주는 거나 먹자고."

NEO MODERN FANTASY STORY & ADVANTURE

메이즈
헌터

Maze Hunter

7

브로크데일 남서쪽. 10명이 넘는 워커들이 야영을 하고 있었다. 7대 길드나 3 왕국에 비하면 약소 길드였지만 10명이 모두 트라이 마스터로 무서울 것이 없는 길드였다. 비록 아직 본거지로 삼을 수 있는 도시를 차지하지는 못했으나 거리에서 야영하는 것도 부담스럽지 않았다.

"레인. 뭐해?"

모닥불의 앞에 앉은 남자에게 한 여자가 말했다. 남자는 나무 조각을 조각하며 시간을 죽이고 있었다. 10명 중에 적어도 한 명은 망을 보아야 했다. 괴수는 밤낮을 가리지 않기 때문이다.

레인이라는 남자는 슬쩍 여자를 쳐다보고는 다시 조각
에 집중했다.

"왜 더 안 자고?"

"미궁에서 깊은 잠을 자는 사람은 둘 중 하나지. 이제
막 들어와서 뭘 모르거나, 혹은 죽고 싶어서 수면제를 타
먹었던가."

레인은 피식 웃었다.

여자는 그의 옆에 앉아 불을 쬐었다.

"그건 계속 만드네."

여자는 레인이 만들고 있는 조각을 가리켰다. 레인은
잠시 손을 멈춘 뒤 조각을 계속했다.

"심심하잖아. 혼자 있으면."

지금까지 오면서 많은 일이 있었다. 사연 한두 개 정도
는 미궁을 걸어 다니는 워커들이라면 당연히 가지고 있는
것이었다. 레인의 동료들도 지금까지 엄청나게 많이 죽었
다. 마지막 3성 오버로드를 잡을 때는 그가 있던 길드가
괴멸되기도 했다.

다른 길드와 넘어온 본격적인 미궁. 라비린스.

트라이 마스터까지 되기 위해 계속해서 점수를 얻었던
레인은 이제야 한숨을 돌리고 있었다.

"다행히 이곳은 괴수들이 많이 없지. 강한 것들뿐이지
만. 그래서 여유가 많아."

"그건 새야?"

여자는 레인의 조각을 가리키며 말했다.

"그럴 생각으로 만들었지. 잘 안 된 거 같지만."

레인은 민망하게 웃으며 새를 내려놓았다. 여자는 새 조각을 집어 들더니 레인의 앞에 대고 살짝 흔들었다.

"이거 내가 가져도 돼?"

"창고 자리만 한 칸 차지하겠지만 그래도 가지고 싶다면."

레인은 민망하게 웃었다. 여자는 조각을 이리저리 한참을 둘러보았다.

"이야, 어디서 이런 기술을……."

여자는 말을 멈추고 저 멀리 어둠 속을 바라보았다. 그 것은 레인도 마찬가지였다. 무언가가 다가오고 있다는 것을 땅의 진동으로 알아챈 두 사람은 벌떡 일어나 각자의 창고에서 무기를 꺼냈다.

"기상!"

레인이 외치자 온 텐트가 뒤척였다. 텐트에서 튀어나온 워커들은 주위를 둘러보며 자세를 잡았다.

"뭐, 뭐야?"

"누군가 오고 있다."

땅의 진동은 크지 않았다. 대형 괴수는 아니라는 소리. 그렇다면 소형 괴수거나, 괴인이라는 뜻이었다. 레인을 비롯한 10명의 트라이 마스터는 다가오는 괴수의 모습이 보일 때까지 긴장을 늦추지 않았다.

이윽고 어둠 속에서 인간의 형태를 한 그림자가 나타났다.

그 인간의 형태를 한 생명체는 가면을 쓰고 있었다. 하얗고 동그란 가면에는 딱 눈구멍만 뚫려 있었다. 머리카락 한 올도 없어 마치 달걀귀신을 연상케 했다.

또 양손에 검을 들고 있었는데 한 자루는 검은색이었고, 나머지 한 자루는 붉은색이었다.

남자인지 여자인지도 모를 그 사람은 10명의 트라이 마스터 앞에서 입을 열었다.

"요호호호호호호호."

예상을 빗나간 웃음소리에 트라이 마스터들은 전부 당황했다. 그리고 그와 동시에 가면이 매섭게 달려들었다.

"원!"

모두가 동시에 능력을 발휘했다.

그렇게 5분. 피로 샤워를 한 가면이 어깨를 풀며 앞으로 나갔다. 그가 지나간 자리는 마치 운석이라도 떨어진 듯 파여있었으며, 옆의 벽에도 흉터가 남아있었다. 가면은 주변을 둘러보다가 그나마 멀쩡한 상태로 죽은 레인의 앞으로 걸어갔다.

"요호호호호."

가면은 레인의 얼굴을 자르더니 가면을 벗어 자신의 얼굴 위에 맞춰 끼웠다. 가면은 몸을 부르르 떨었고, 그와 동시에 마치 레인의 것처럼 머리카락이 돋아나기 시작했다. 레인의 얼굴을 한 가면은 양손을 폈다 접었다 하더니 풍성한 금발 머리를 쓸어올렸다.

"말을 할 수 있게 되니까 좋네."

가면은 다시 몸을 돌려 아무 일도 없던 것처럼 앞으로 걸어나갔다.

"인도자가 셋이나 모인 곳이……, 요 앞인가?"

가면은 콧노래를 부르며 말했다.

"거의 다 왔네."

❖

브로크데일 안에서는 니나의 수난이 계속되고 있었다.

"도대체 왜 화장실 청소가 잡일이냐고!"

니나는 수세미를 손에 쥐고 짜증스럽게 말했다.

발단은 혼이었다. 혼이 미셸의 집 화장실이 너무 더러운 거 아니냐며 청소를 좀 해야겠다고 말을 꺼냈다. 천화는 본인이 하겠다며 일어났지만 혼은 굳이 니나를 콕 찍으며 청소를 하라고 시켰다.

니나는 당연히도 남자 화장실은 알아서 청소하라고 말했지만 그 순간 온몸이 간지럽기 시작했다. 서약서의 내용대로 화장실 청소 또한 잡일로 치부된 것이다.

"도대체! 이게! 왜! 잡일! 이냐고! 아오 짜증나."

니나는 수세미를 휙 집어 던졌다. 순간 겨드랑이가 간지러워지기 시작했다. 니나는 얼른 다시 수세미를 잡은 다음에 한숨을 내쉬었다.

"망할 인도자들. 다 죽어라."

"저, 인도자님도 인도자인데."

"알아!"

니나는 아르마티아에게 버럭 소리를 질렀다.

1층 작업장.

혼은 소파에 앉아 신문을 보고 있었다. 인도자가 다섯 명이 전부 나타났다는 기사가 1면에 났다. 워커들이 인도자를 어떻게 생각하는지를 보면 확실히 1면을 차지할 만큼 굉장한 사건이긴 했다.

총 5명밖에 없는 인도자가 5명 전부 튀어나온 것이니까.

다행히 인도자의 이름은 나오지 않았다. 하지만 미궁의 워커들과 미궁인들 모두가 3 왕국에 인도자가 하나씩 존재한다는 것을 알고 있다.

그렇다면 3 왕국과 관계가 없는 인도자는 둘이 되었다는 뜻.

이제 자유계약으로 풀려 있는 인도자가 2명이라고 신문에서 대대적으로 홍보를 때린 것이나 다름없었다. 이제 왕국이든 뭐든 이 주인 없는 인도자들을 찾기 위해 혈안이 되어 있을 것이다.

"뭐, 포사토이오가 정보를 누출할 리는 없으니까. 시간은 좀 걸리겠지."

포사토이오는 혼의 정체를 알고 있다. 그러나 그들은 절대로 그 정보를 다른 길드나 왕국에는 말하지 않을 것이다.

다른 길드나 왕국이 혼을 데려가면 그건 포사토이오에게 있어 큰 손해였고, 또 니나가 잡혀있다는 사실을 다른 왕국에게 알려주는 셈이 된다. 그런 바보 같은 짓을 할 만큼 여제 티아 칸은 어리석지 않다.

"우와, 뉴스 났네요."

뒤에서 머리에 두건을 둘러쓴 천화가 말했다. 혼은 코를 찌르는 세제 냄새에 고개를 돌렸다.

"뭐야? 청소해?"

"네. 여자들 쓰는 화장실이랑, 우리가 쓰는 방 정도는 치우고 있죠."

"놔둬. 니나가 할 거야."

"그래서 하는 거예요. 놔두면 니나씨가 강제로 하게 될 테니까. 근데 그 신문 기사는 뭐예요?"

천화는 고개를 들이밀어 뉴스 기사를 읽기 시작했다.

"가져가 읽어라. 콧바람 느껴진다."

혼은 천화에게 신문을 넘기고 일어났다. 1면에서부터 이미 봐야 할 기사를 전부 본 것만 같았다. 천화는 인도자에 대한 기사를 보고는 다음 장으로 신문을 넘겼다. 그리고는 급하게 혼을 불렀다.

"혼씨! 혼씨! 이거 봤어요?"

"또 뭐? 네 이름이라도 나왔어?"

"아뇨. 무슨 전설 이야기가 바로 뒤에 실렸는데."

혼은 다시 천화에게로 가서 신문을 가져갔다. 천화가 보고 있던 기사에는 인도자 다섯이 모두 등장했을 때 일어나는 일에 대한 전설이 적혀있었다.

"그러니까, 인도자들이 전부 나타나면 역사적인 사건이 일어난다는 거잖아.

혼은 다시 신문을 접었다.

"뭐 당연하겠지. 인도자라는 것은 미궁의 역사를 바꿀 만큼 강력한 힘이라며? 그런 놈들이 다섯이나 동시대에 존재하는 거니까."

"그래도 좀 불길하네요. 왜 여기 미궁에도 변화가 있을 수 있다고 하잖아요."

천화는 마지막 문단을 가리켰다. 혼은 턱을 쓰다듬으며 잠시 생각하다가 고개를 끄덕였다.

"무슨 변화가 있을지 모르는 이상 고민해도 별수가 없지."

혼은 그렇게 말하며 고개를 절래 흔들었다.

그 시각 브로크데일에 입구에는 한 남자가 서 있었다.

"이름과 길드명을 말하라."

남자는 굳게 닫혀있는 강철 문을 바라보다 소리가 들린 위쪽으로 고개를 들었다. 금발 머리에 미형의 얼굴. 레인의 얼굴을 한 남자는 묵묵히 자신을 향해 소리치는 경비대원을 쳐다볼 뿐이었다.

"길드명과 이름을 말하라!"

경비대원은 다시 한 번 외쳤다. 그러나 남자는 역시 답이 없었다.

브로크데일을 찾는 워커들의 목적은 브로크데일의 다양한 물건들을 사들이기 위함이었다. 웬만한 원으로는 박살은커녕 열리지도 않는 거대한 강철 문과 방어에 특화된 전략무기로 무장한 브로크데일에 시비를 걸러 오는 머저리는 많지 않았다.

하나, 지금 강철 문 앞에 서 있는 남자는 경비대원이 묻는 말에 아무런 대답을 하지 않고 있었다.

경비대원은 가만히 남자를 노려보았다. 서로 바라보기를 수 초, 경비대원은 몸을 부르르 떨더니 자신의 뒤에 있는 경비대장에게 말했다.

"저기, 대장님. 저 아래 좀 이상한 놈이……."

경비대원의 말에 경비대장이 문 끝자락으로 걸어왔다.

"아무것도 없는데?"

아까까지만 해도 강철 문 앞에 서 있던 남자가 온데간데없이 사라졌다. 경비대원은 눈을 끔뻑이며 아래를 바라보다가 억울하다는 듯이 말했다.

"아닙니다. 아까까지만 해도 있었습니다."

"그럼 그냥 간 거 아니야?"

"그럴 리가 있겠습니까? 브로크데일은 딱히 사람을 가려 받지 않잖아요."

"사람이 아닌 거지."

경비대장이 말했다.

"괴인 중에 인간이랑 똑같이 생긴 녀석들도 많다. 네가 신입이라 아직 워커들 밖에 못 봐서 그렇지 가끔 오거든. 괴인 녀석들이."

괴수는 안전지대를 피해 다닌다. 간단하게 말해서 그들은 야생동물과 같았다. 언제나 안전한 곳을 찾아다니며, 본인들의 구역에 들어오는 이들을 말살한다. 도시는 괴수들에게 있어 안전하지 않은 장소였다.

그러나 괴인은 다르다.

괴인은 어떠한 목적을 가지고 움직이기도 했다. 괴인 중에서는 지능이 인간보다도 뛰어난 것들도 수도 없이 많았다.

그들은 인간들과 섞여 살기도 했다. 생존을 중요시 하는 괴인들 입장에서는 괜히 미궁을 돌아다니면서 괴수들과 싸우느니 도시에서 일반인 행세를 하는 것도 나쁘지는 않았다.

다만 그렇게 정상적인 괴인은 만에 하나, 혹은 십만에 하나 정도 나왔다. 불행하게도 나머지는 죄다 살짝 나사가 풀린 것들뿐이었다.

학살을 사랑하는 매서커. 이유 없이 워커들을 증오하는 괴인. 해부가 인생의 낙인 괴인 등등 흔히 말하는 사이코패스 기질을 가지고 있는 것들이 대부분이었다.

"도시로 들어오려는 괴인은 꽤 있지. 하지만 강철 문을 보면 그냥 돌아가기도 해. 그들로서는 열 방법이 없으니까."

강철 문은 오로지 길드와 몇 명이 들어갈 것인지를 정확히 말할 때만 들어갈 수 있다. 그 기준은 매우 깐깐했다.

첫 번째로 브로크데일은 그 자리에서 정보소환을 외쳐 소환된 정보지만을 확인했다. 자신의 소속을 속일 방법은 거의 없다는 것을 뜻한다.

두 번째로 이미 탈퇴한 길드더라도, 탈퇴한 길드의 사람이 도시 안에 있다면 출입이 제한된다. 이는 길드를 탈퇴한 뒤 도시로 들어와 다시 길드를 만드는 행위를 막기 위함이다.

괴인들은 이 절차를 어떻게 할 수가 없었다. 그들은 정보를 소환하는 것도, 길드를 만들거나 드는 것도 불가능했다.

괴인들에게 브로크데일의 강철 문은 절대로 열리지 않는 벽이라는 것이다.

"그럼 저렇게 돌아간다고. 신경 쓰지 않아도 돼."

경비대장은 신입 경비원을 어깨를 툭툭 쳤다.

"알겠습니다."

그렇게 고개를 돌려 다시 미궁을 바라보던 경비대원은 아래에서 울리는 쿵 소리에 담장 아래를 내려다봤다. 아까 봤던 남자가 주먹으로 강철 문을 치고 있는 것이었다. 문에 딱 붙어있어 아까 경비대장이 왔을 때는 보이지 않았던 것만 같았다.

진동이 발끝에 살짝 느껴질 정도로 남자는 문을 강하게 치고 있었다. 고작 주먹으로 치는 것이었지만 그 위력은 상상 이상이었다.

"대장님! 아까 그 남자 찾았습니다!"

경비대장은 다른 일을 하다가 문이 울리고 있다는 사실

을 깨닫고는 얼른 뛰어와 경비대원의 옆에 섰다.

"저기, 문을 치고 있는데. 굉장한 위력입니다."

쿵! 쿵!

소리가 들릴 때마다 발밑으로 진동이 전해졌다. 경비대장은 피식 웃더니 말했다.

"워커라면 트라이 마스터는 됐을 테니 저 정도 위력은 낼 수 있겠지. 괴인이어도 꽤 강한 괴인이면 그렇게 이상한 것도 아니야. 그놈들은 초인이지 않나. 항상 생각하게. 워커와 괴인은 항상 자네 상상 이상이라는 거."

"어떻게 해야 하지 않습니까?"

"그래, 어떻게든 해야지."

저 정도의 공격으로 브로크데일의 방어 기술의 집합체인 강철 문이 무너질 리는 없었다. 하지만 브로크데일을 위험하게 만드는 것은 그것이 뭐든지 간에 사전에 처리되어야 했다. 경비대장은 저 멀리 있는 경비대원들에게 말했다.

"용울음과 지옥 화염을 준비해라. 빨리 움직여."

경비대장의 말에 대원들은 두 기계를 들고 와 문 끝자락에 설치하기 시작했다. 여러 번 주먹으로 문을 쳐본 남자는 조금 물러나 문 위쪽을 쳐다봤다. 그 사이 경비대원들은 전략무기를 전부 설치했다.

"발사!"

경비대장은 망설임 없이 말했다.

경비대원은 용울음에 달린 레버를 돌리기 시작했다. 그러자 용울음이 조준된 지역이 진동으로 인해 흔들리기 시작했다.

남자는 잠시 용울음을 맞아주다가 자리를 피했다. 경비대원은 남자를 따라 이동하며 계속해서 용울음을 돌렸다. 진동을 버티다 못한 바닥이 이내 폭발했다. 하지만 남자는 진동이 어느 수준을 넘기 전에 요리조리 피했다.

"지옥 화염을 발사해라!"

경비대장의 외침과 함께 두 번째 전략무기인 지옥 화염이 발사되었다. 지옥 화염에서 발사된 불길은 순식간에 남자를 둘러쌌다.

"됐다. 이제 용울음으로 끝내라."

경비대장은 남자를 잡았다고 확신했다. 지금까지는 요리조리 잘 피해 다녔지만 1,500도가 넘는 불의 벽에서 빠져나갈 방법은 없었다.

눈부신 백색의 불길이 남자를 완전히 포위하고 있었다. 남자는 한 손가락으로 머리를 긁적이며 용울음을 그대로 맞고 있었다. 용울음을 10초 이상 맞고 있으면 내장이 폭발하고, 머리가 터져 죽게 된다. 그것은 그 어떤 생명체건 마찬가지였다.

"아."

남자는 강철 문을 바라봤다.

"힘들 거 같은데."

남자는 자세를 잡고 주먹을 뒤로 쭉 뺐다. 그리고는 온 힘을 한 점에 집중시켰다. 이윽고 순식간에 앞으로 뛰어든 남자는 있는 힘껏 주먹으로 강철 문을 가격했다. 그 움직임이 마치 찰나와 같아 성벽 위의 그 누구도 남자가 불로 이루어진 벽을 빠져나갔다는 것을 눈치채지 못했다.

펑!

귀를 먹게 하는 파격음과 함께 거대한 폭발이 일어났다. 모든 경비대원들이 충격에 나가떨어져 바닥을 뒹굴었다. 경비대장 또한 마찬가지였다. 겨우 정신을 차린 경비대장은 네 발로 엉금엉금 기어가 도시 안쪽을 살폈다. 검은 강철이 사방에 나뒹굴고 있었고, 그 사이로 남자가 걸어 나오고 있었다.

강철 문의 아랫부분이 완전히 박살이 나 거대한 구멍이 뚫려버린 것이다.

"말도 안 돼."

경비대장은 멍하니 남자를 쳐다보았다.

과거에도 브로크데일의 기술력을 독점하기 위해 쳐들어온 워커들이 있었다. 워커들은 원을 이용해 순식간에 강철 문을 열려고 했지만 그때마다 강철 문은 굳건히 브로크데일을 지켜주었다.

그런데 단 한방에, 그것도 주먹 한 방에 강철 문이 박살날 줄이야.

"인도자가 코앞에 있는 상태에서 힘을 너무 많이 썼다."

남자는 처음으로 인상을 썼다.

"조금 더 걸리겠군."

강철 문에서 있었던 일은 순식간에 미셸의 귀에도 들어갔다. 브로크데일에 침입자가 있다는 소식이었다.

문이 무너지는 소리에 화들짝 일어났던 미셸은 보고를 듣자마자 정장으로 옷을 바꿔 입고 중앙관리위원회로 나갔다.

"침입자라니. 어떻게 된 겁니까?"

강철 문이 만들어진 이후, 브로크데일은 침입자를 허용한 적이 거의 없었다. 애초에 시야 내에 3명 이상이 있으면 강철 문은 절대로 열리지 않았다. 인간을 숨길 수 있는 군주기나, 능력을 가진 자들이 아닌 이상에야 브로크데일에 불법적으로 들어올 수 있는 워커나 괴인은 존재하지 않았다.

"몇 명이 들어온 겁니까?"

미셸은 회의실에 모여 있는 도시 방위군 사령관과 사무장에게 외쳤다. 방위군 사령관은 고개를 숙였다.

"한 명입니다. 바로 뒤를 쫓았으나 현재는 행방이 묘연한 상태입니다."

"한 명? 그런데 침입자라고? 그냥 길드명 대고 들어오면 되지 않습니까. 한 명이면."

미셸은 이해할 수 없다는 듯이 말했다.

"괴인인 거 같습니다. 길드 명을 말하는 말에도 대답하지 않았다고 합니다."

"괴인. 그래. 그럼 문을 안 열었을 텐데 어떻게 침입한 겁니까?"

"부수고 들어왔다고 합니다."

"부숴?"

미셸이 인상을 찌푸렸다.

강철 문의 제조는 미셸의 할아버지가 한 것이었다. 대대로 장인의 집안이었던 미셸의 집은 3대째 브로크데일의 대표를 맡기도 했다. 강철 문은 미셸의 할아버지가 시작해, 미셸의 아버지가 끝낸 대규모 프로젝트였다.

모베라의 도움을 받아 초합금을 대량으로 만들고, 그것을 완벽하게 용접해서 올린 두께 5m의 대형 건축물. 브로크데일의 기술력으로도 짓는 데만 꼬박 30년이 걸린 대공사였다.

덕분에 브로크데일은 안전해졌다. 그 어떤 괴수의 공격에도 꿈적 않았던 강철 문은 브로크데일의 자랑이자 상징이었다.

"가서 같이 보시죠."

방위군 사령관은 문을 나서며 말했다.

강철 문의 앞에는 수많은 병사가 모여있었다. 그 가운데 혼도 보였다.

"비켜라! 비켜!"

사령관의 목소리에 혼은 고개를 돌렸다. 미셸은 혼의 앞에 멈춰 섰다. 혼은 심각한 표정의 미셸에게 말했다.

"저거 원래 저렇게 뚫리는 거냐?"

미셸은 인상을 쓰고는 혼을 무시했다. 벽 앞에 선 미셸은 할 말을 잃고 넋을 놓았다.

적어도 지름 3m는 되어 보이는 구멍이 뚫려있었다. 강철 문의 파편만이 초라하게 바닥에 떨어져 있을 뿐이었다. 미셸은 강철 문을 살폈다. 폭발로 인해 만들어진 그을음 같은 것이 전혀 없었다.

"폭발을 일으킨 것은 아니라는 건가."

그렇다면 오로지 충격으로 강철 문을 파괴했다는 소리가 된다. 그런데 도대체 누가? 이 강철 문을 박살 낼 수 있는 괴인이 있단 말인가.

"차라리 워커였으면."

미셸은 벌떡 일어나더니 사령관에게 말했다.

"시민들 전부 대피시켜주세요. 모든 병력은 무장하고 진열을 갖추어 수색을 돌라고 하세요. 비상사태입니다."

"알겠습니다."

"그래서 무슨 일이지?"

혼이 다가와 물었다. 미셸은 한숨을 쉴 뿐 딱히 대답하지 않았다.

"딱 보니까 큰일인데 말이야."

"오버로드가 들어온 거 같다."

"오버로드면 이 강철 문을 부술 수 있는 건가?"

"딱 한 번 3성급 오버로드 괴수가 강철 문을 공격한 적이 있다."

"그래서 그때 한 번 뚫렸던 것인가. 그래서 오버로드라고."

미셸은 피식 웃었다.

"그 괴수는 하루 종일 강철문을 두드렸고, 이쪽에서는 응전했다. 결과, 그 오버로드는 강철 문을 상당히 파괴했지만 결국 뚫지는 못했고 이쪽의 공격에 상처를 입어 도망쳤다. 괴수는 괴인보다 멍청하지만 더 힘이 강하지. 무슨 소리인지 아나?"

"침입한 괴인은 최소 오버로드 4성이라는 건가."

미셸은 대답하지 않았다. 강철 문을 보는 그녀의 몸이 눈에 보일 정도로 떨고 있었다.

지금까지 만났던 가장 강했던 상대는 단연 매서커다.

티아 칸이나, 윈드라, 쥬엔도 충분히 강한 상대였지만 혼의 기억 속 최강자는 매서커였다. 제노사이드와 3:1을 하고도 멀쩡했던 오버로드. 하양이와 계약을 맺어 사신의 힘을 가지지 않았다면 혼 또한 어떻게 됐을지 모르는 괴인.

그녀는 고작 3성이었다.

1성과 2성의 차이는 명확했다. 1성은 조금 강한 괴수나 괴인이라고 생각될 정도로 특별할 것이 없었다.

2성은 듀얼마스터나 약한 트라이 마스터 정도의 힘을 가지고 있었다.

3성은 트라이 마스터보다도 훨씬 강하다.

혼은 4성급 오버로드가 도대체 어느 정도의 힘을 가지고 있을지 상상할 수 없었다. 언제나 오버로드들은 상상을 초월해왔다. 어떻게 보면 대화가 통하는 워커들보다도 더 조심해야 하는 상대였다.

미셸은 아랫입술을 깨물었다. 그 희귀하고도 희귀한 4성급 오버로드가 도대체 왜, 굳이, 강철 문을 부수는 수고까지 하면서 브로크데일로 온 것일까. 겨우 포사토이오와 레드 핸드가 만들어놓은 혼란을 정리했는데 왜 지금이란 말인가.

"오버로드의 행방은 알고 있나."

"모르지."

미셸은 몸을 돌렸다.

"도망치려면 지금뿐이다."

혼은 어깨를 으쓱했다. 브로크데일 안에 있나 밖으로 나가나 이제 위험한 것은 마찬가지였다. 포사토이오와 적을 지고 있고, 레드 핸드도 혼을 죽이고 싶어 안달이 나 있을 것이다. 게다가 니나를 데리고 다니는 것은 매우 고달픈 일이 될 것이다.

"생각을 좀 해봐야겠어."

결정을 서두를 필요는 없었다. 4성급 오버로드는 어딘가로 숨은 뒤였다. 괴인이라면 최소한의 지능은 가지고 있을 확률이 높고, 또 그렇다면 무언가 목적이 있기에 브로크데일로 들어왔을 것이다.

그 목적이 학살 같은 답 없는 것만 아니라면 별일 없이 끝날 가능성도 충분히 존재했다.

❖

니나는 아침 일찍 일어나 앞마당을 쓸고 있었다. 새벽에 폭발음이 들려 일어난 그녀였다. 일어난 김에 밖으로 나왔던 그녀는 불행하게도 청소를 하고 있는 천화를 발견했다. 덕분에 천화와 함께 청소가 시작되었다.

"아, 이것만 하고 집에서 도망쳐야지."

니나는 한숨을 쉬었다. 일단 집 안에 없으면 잡일이라는 것도 사라진다. 재빨리 청소를 끝내고 쇼핑이나 어디라도 가는 편이 나았다.

"그래도 속은 편하네요."

아르마티아가 옆에서 정말 속 편한 소리를 하고 있었다. 인질로 잡혀 있었지만 전혀 인질이라는 생각이 안들 정도로 천화나 미셸은 편하게 대해줬다. 밥도 맛있었고, 오히려 책임질 일이 없어 머리가 아픈 일도 없었다.

포사토이오에서는 2인자로서 티아와 함께 왕국을 다스려야 했다. 다른 길드관의 불화, 혹은 정치 내적인 문제로 골머리를 앓는 날이 많았다.

그렇다 하더라도 니나는 현재 상황이 마음에 들지 않았다. 당장 티아도 걱정되었고 또 혼이라는 남자가 언제 마음을 바꿀지도 모르기 때문이다.

'나를 팔아먹으면서 다른 왕국으로 가면?'

니나는 고개를 절레 흔들었다. 만약 그런 일이 벌어지면 어떻게든 탈출하고 말리라.

"그나저나 엄청난 소리였죠?"

"그러게. 뭔 일 났나? 아주 큰 일이었으면 좋겠는데. 나는 신경도 못 쓸 정도로."

니나는 진심을 담아 말했다. 무언가 굉장한 게 브로크데일에 쳐들어왔다면 그 혼란 속에서 탈출하는 것도 꿈은 아니었다. 비록 화합의 인도자가 만든 서약서가 맘에 걸리기는 했으나 혹시 아나. 혼란 속에서 화합의 인도자가 죽을지.

니나는 물통을 가져와 집 앞에 뿌린 뒤 청소를 마쳤다.

"오, 다 하셨네요."

"하하하, 어."

천화가 나와 집 앞을 살펴보며 말했다. 니나는 민망하게 웃으며 고개를 끄덕인 뒤 아르마티아를 끌었다.

"저기, 나 쇼핑 같은 것 좀 다녀와도 될까? 집안에만 있으니 몸은 좀 쑤셔서."

"네, 다녀오세요. 너무 안 들어오시면 혼씨가 찾으러 다닐 테니까 빨리 들어오시고요."

"걱정 마. 걱정 마."

니나는 몸을 획 돌려 걸어갔다. 아르마티아는 청소도구를 내려놓고 천화에게 손을 흔들었다.

"금방 올게요. 천화씨!"

어느 정도 집에서 멀어진 니나는 검지를 아르마티아의 얼굴에 가져다 대면서 얼굴을 붉혔다.

"아르마티아! 너 왜 그래? 언제 그렇게 친해졌어? 어?"

"제, 제가 뭘?"

"천화랑 왜 그렇게 친해졌냐고."

"아~ 천화씨요. 착하세요. 일도 많이 도와주고. 천화씨 아니었으면 저 큰집을 저랑 니나씨 둘이서 다 치워야 하는데."

니나는 천진난만하게 말하는 아르마티아를 보며 이마를 짚었다.

"야, 너 말이야. 우리는 인질이고, 저들은 적이야. 스톡홀름 신드롬이야 뭐야?"

"어, 그게 뭐죠?"

아르마티아가 잠시 생각하다가 물었다. 니나는 설명을 하기보다는 그저 고개를 절래 흔들 뿐이었다.

탄생의 천사 아르마티아는 성격이 너무 물렀다. 니나도 보통 미궁인에게 비교하면 무른 성격이었지만 아르마티아에게 비하면 지극히 이성적인 축에 속했다. 마치 천사판 천화라고나 할까. 당연히 천화랑 잘 맞을 것이다.

두 사람이 대화를 나누고 있을 때 저 멀리서 웅성거리는 소리가 들렸다. 강철 문을 보러 갔던 미셸이 돌아오고 있는 듯싶었다.

"잠깐, 혼도 저거 보러 간다고 나갔지."

"네, 그랬었죠."

"그럼 숨어! 안으로 들어와."

아르마티아는 재빨리 니나의 안으로 사라졌다. 니나는 골목길로 들어가 몸을 피했다. 쇼핑하러 나가는 것을 혼이 본다면 빨리 집으로 들어와 아침이나 하라고 시킬 것이다. 그러면 잡일이 생기는 것이다.

더 이상의 간지럼은 사양하고 싶은 니나였다.

니나는 골목길을 통해 이동했다. 대부분의 상점이 작업장을 동시에 가지고 있어 골목길 또한 크게 형성되어 있었다. 작업장에서 나오는 쓰레기라던가, 연료들이 골목길에 한가득 쌓여 있었다.

-뒷골목도 굉장하네요.-

"티아가 원했던 도시니까."

그렇게 한참을 걸어가던 두 사람은 골목길에 앉아 쉬고 있는 한 남자를 발견했다. 금발 머리에 누더기를 입은 남자.

그 남자는 눈을 가만히 감고 있었다. 자는 것인지, 아니면 그저 눈을 감고 쉬고 있는 것인지 알 수가 없었다.

"아르마티아, 이 뒷골목에 누더기를 입고 자는 남자가 있을 확률이 얼마나 된다고 봐?"

-글쎄요. 얼마 안 되지 않을까요?-

"내가 생각했을 때는 0%야. 이변이 있지 않은 한."

니나는 이 남자가 침입자라는 것을 확신했다. 바보가

아닌 이상 그것은 당연한 사실이었다.

　브로크데일은 굉장히 보안에 철저한 도시였다. 강철 문 앞에서 거짓말을 할 방법은 없었다. 그러므로 한 길드에 3명, 정식으로 절차를 밟고 들어온 자들만이 브로크데일에서 자유로울 수 있었다.

　그 말은 브로크데일은 도시의 시민은 물론 방문객까지 완벽하게 관리하고 있다는 것이었다.

　브로크데일은 풍족한 도시다. 기술의 이점으로 워커들로부터 점수를 끌어모으고, 그것을 다시 기술 발전에 투자한다. 모든 아이들이 무상으로 교육을 받으며 모든 기술자가 지원을 받아 물건을 만들고, 그 만든 물건을 팔아 세금을 낸다.

　즉 거지도, 또 점수가 모자라 길거리에서 잠을 자야 하는 워커도 이 도시에는 존재하지 않는다.

　"인간……인가?"

　-인간은 아닙니다.-

　니나가 고민을 할 때 아르마티아가 확신의 찬 목소리로 말했다.

　"어떻게 알아?"

　-어, 인간과는 완전히 다른 분위기를 가지고 있잖아요? 괴인은.-

　"그러면 저게 괴인이야?"

-네, 맞아요. 근데 좀 으스스한데요.-

니나는 깊은 생각에 빠졌다.

이건 기회였다. 괴인이 들어왔다면, 그것도 강철 문을 뚫을 정도의 괴인이 들어왔다면 브로크데일에 한바탕 난리가 날 것이다. 침입자가 워커가 아니라서 대화가 힘들다는 단점이 있었지만 오히려 괴인은 대부분 단순한 목적을 가지고 있으므로 이해관계만 맞으면 제대로 써먹을 수 있었다.

하지만 그만큼 위험하기도 했다. 십중팔구 이 괴인은 워커를 증오하고 있을 것이다. 니나가 가까이 가 괴인을 깨우는 순간 괴인은 뒤도 안 보고 니나에게 달려들 가능성이 있었다. 워커에 대한 증오가 어느 정도인가. 대화가 불가능할 정도면 너무나도 위험해진다.

"어떻게 할까?"

-도, 도망쳐서 천화씨한테 알리죠. 미셸씨도 곤란해 하고 있을 테고.-

"그놈들 좋은 짓을 왜 해. 선택권은 두 개야. 무시하고 저놈이 날뛰어주기를 바라든가, 대화를 통해 내가 원하는 대로 움직이게 하든가."

-그럼 그냥 무시로……-

"눈 떴는데?"

니나가 뒤로 한걸음 물러났다. 남자는 눈을 뜨고 곧바

로 니나에게로 고개를 돌렸다. 마치 니나가 서 있다는 것을 사전에 알았다는 듯이.

니나는 화들짝 놀랐다. 남자는 재빠르게 일어나 니나를 보며 기괴한 웃음을 지었다. 얼굴이 찢어질 정도로 웃던 남자는 마치 못 볼 것을 본 사람처럼 환희에 가득 차 손을 부들부들 떨기 시작했다.

"인도자! 아……. 인도자."

"소, 소즈다니예."

니나는 곧바로 아르마티아를 소즈다니예로 바꿔 들었다. 괴인을 이용한다는 생각 자체가 잘못된 것이었다.

지금 눈앞의 남자는 당장에라도 니나를 덮칠 것만 같은 모습을 하고 있었다.

"인도자여! 인도자여!"

남자의 눈에서 레이저가 뿜어나오는 것만 같았다. 니나의 턱밑까지 죽음의 공포가 치고 올라왔다. 그 와중에도 니나는 최대한 침착했다. 일단 괴인이기 때문에 지능은 있을 것이고, 최소한의 대화는 가능하다.

"잠깐, 잠깐. 너 뭐야? 이름이 뭐야?"

니나는 한걸음 뒤로 물러서며 말했다. 남자는 흉흉하게 미소 짓는 것을 그만두고 고민에 빠졌다.

"이름? 아, 이름. 레인. 맞아, 레인이야. 레인."

얼굴을 흡수하며 조금의 기억이 오버로드에게로 스며

들어온 것이었다. 레인이라고 이름을 밝힌 오버로드는 다시 입이 찢어지라 웃었다. 니나는 최대한 천천히 뒷걸음질을 치다가 다시 입을 열었다.

"그래, 레인. 그래. 목적이 뭐야? 왜 브로크데일에 왔지?"

"목적? 아, 아. 목적. 그래 목적. 하하하하하하하!"

"미친 시발."

니나는 올라오는 짜증을 억제 못 하고 욕을 내뱉었다. 괴인의 기괴한 모습에 지금 당장에라도 몸을 돌려 도망치고 싶었다. 그러나 이 괴인에게 뒤를 잡혔다가는 무슨 일이 벌어질지 상상도 되지 않았다.

"너! 너! 너! 너라고! 너!"

괴인이 미친 듯이 외치며 앞으로 걸어오기 시작했다. 니나는 순식간에 손을 들어 앞에 벽을 그렸다.

"절대로 뚫리지 마라. 절대로!"

팔을 보이지 않을 속도로 움직여 1초도 안 되어 벽을 그린 니나는 바로 몸을 돌려 달리기 시작했다.

"미친놈이었어! 진짜 미친놈이었어!"

웬만해서 벽은 무너지지 않을 것이다. 니나가 그림으로 창조한 것들은 전부 세상의 상식에서 벗어난 것들이었다. 종이처럼 얇아도 강철처럼 두꺼울 수 있었고, 깃털처럼 가벼운 빌딩도 만들 수 있었다.

모든 것은 니나의 상상력에 달린 것이었다. 니나가 그럴 수 있다고 진심으로 믿는다면 그 어떤 것도 만들 수 있다.

물론 상상력이라는 것은 제한되어 있다. 인간은 의심할 수밖에 없고, 그렇기에 그녀가 창조한 물건들은 무적이 될 수 없었다.

절대로 부서지지 않는 벽. 이런 것은 존재할 수 없다. 조금 더 구체적이어야만 창조할 수 있었다.

그렇기에 니나는 핵폭탄을 생각했다. 핵폭탄이 떨어져도 버틸 수 있는 벽. 아마 미궁에서 그 벽을 부술 수 있는 자는 손에 꼽을 것이다.

'괜찮아. 벽을 만들었으니까 나를 쫓아오지 못 하겠······.'

니나는 그렇게 생각하며 고개를 뒤로 돌렸다. 그러나 그녀의 눈에 들어온 것은 코앞까지 다가온 레인의 얼굴이었다.

"시발! 넘어왔어! 넘어왔다고!"

한 번에 그릴 수 있는 그림의 크기에는 한계가 있다. 레인은 벽을 뛰어넘어 바로 니나를 쫓았다.

"인도자! 죽인다! 죽인다! 죽인다아!"

"저리 꺼져!"

니나는 공중에 동그란 괴물을 그렸다. 음속으로 움직이

며 다이아몬드처럼 단단한 생명체. 그것이 니나가 상상한
그 생명체의 스펙이었다.

"구슬! 저 새끼 죽여!"

니나의 외침에 구슬이 눈을 떴다. 구슬은 니나의 명령
대로 바로 레인에게로 날아갔다.

레인은 음속으로 날아온 구슬에 맞아 멈췄다. 니나는
그것을 보면서도 계속해서 달렸다. 구슬은 레인이 죽지
않았다는 것을 알고 계속해서 공격을 가했다.

레인은 뒷걸음질 치다가 정색했다.

"귀찮네."

레인은 음속으로 날아오는 구슬을 손바닥으로 쳐서 땅
에 박았다. 그러나 구슬은 마치 두더지처럼 땅을 파고 들
어갔다. 이윽고 구슬은 레인의 뒤에서 튀어나와 레인의
뒤통수를 노리고 날아들었다.

"잡았다!"

레인은 순식간에 뒤로 돌며 구슬을 잡았다. 그리고는
손아귀의 힘만으로 구슬을 박살 냈다.

"하하하하, 인도자. 재밌어. 재밌어."

레인은 깔깔깔 웃다가 다시 정색했다.

"어디로 갔을까?"

레인은 다시 발걸음을 옮겼다.

대로로 나온 니나는 미친 듯이 달렸다. 시민들은 서둘

러 대피소로 향하고 있었다. 니나는 그 가운데를 정신없이 질주했다.

"니나씨!"

니나는 자신을 부르는 소리에 정신을 차렸다. 천화가 놀란 듯 니나를 쳐다보고 있었다.

"무슨 일이에요?"

"유천화. 맞아! 혼은 어딨어? 혼은?"

지금 생각나는 것이 그 남자라는 것에 자존심이 상했지만 지금 니나에게는 그런 것까지 생각할 만큼의 여유가 없었다. 방금 전 따라오던 미친 괴인이 고작 구슬에게 당했다고는 생각지 않았기 때문이다.

"혼씨는 미셸씨랑 바로 위원회 쪽으로 갔는데요. 왜 그러시죠?"

"지금 당장 도망쳐야 돼. 너랑 나랑, 둘 다 지금 당장."

"무슨 일인데요?"

천화가 놀라서 물었다. 그러자 그녀의 가슴에서 타르티스가 튀어나왔다.

"저거 말하는 거 같은데. 아닌가?"

타르티스가 가리킨 쪽으로 니나의 고개가 돌아갔다. 골목길에서 레인이 앞머리를 넘기며 걸어 나오고 있었다. 레인은 천화까지 발견하고는 실없이 웃기 시작했다.

"인도자가 둘이나 있다니. 하하하하하하하하!"

미궁에서 오래 산 사람이라면 위기를 감지하는 능력은 자동적으로 얻게 된다. 천화는 한 손에는 수호설을 한 손에는 용의 무구를 들었다.

"시간은 끌 수 있으니까 걱정 마세요. 당장 위원회로 가서 혼씨 부르고요. 빨리요."

니나는 황당한 표정으로 천화를 쳐다봤다. 천화는 그런 니나에게 미소와 함께 말했다.

"니나씨는 중요하거든요. 만약 죽으면 저희도 난리 나니까. 빨리 좀 가주실래요?"

"아, 알았어."

니나는 황급히 고개를 끄덕이고 다시 움직이기 시작했다. 천화는 멀어지는 니나를 보며 깊게 숨을 내쉬고 다시 레인을 쳐다봤다. 레인은 니나를 흘깃 보았다.

"아, 저것도 잡아야 하는데."

천화는 레인을 똑바로 바라봤다.

불행하게도 천화의 원은 전투에서 별 도움이 되지 않는다. 하지만 저 레인이 전투를 시작하면 바로 평화조약으로 시간을 끌 수 있었다. 그 사이 혼과 다테가 오면 다 같이 협공해서 어떻게든 하면 된다.

'첫 공격만 막으면 된다.'

천화는 온 정신을 집중해 수호설을 발동했다. 보호해야

할 것은 단 한 명, 본인뿐이었다.

"그럼 일단 하나."

두근!

심장이 한 번 요동치는 순간이었다. 그와 동시에 천화의 어깨가 뜯겨나갔다. 수호설은 군주기라는 명성이 허무할 정도로 순식간에 깨졌다. 사라졌던 레인은 천화의 뒤에 서 있었다.

그는 용의 무구를 들고 있는 천화의 팔을 입에 물고 있었다.

"크윽."

천화는 비명조차 지르지 않았다. 그녀는 곧바로 울분을 토해내듯 외쳤다.

"평화조약!"

그와 동시에 두루마리가 공중에 나타났다. 포근한 조명이 천화와 레인을 비추었다. 레인은 두루마리를 보며 가만히 굳어버렸다.

그 사이 천화의 팔이 재생되었다. 천화는 레인을 바라보며 머리를 짚었다.

수호설이 깨지면서 정신력이 바닥난 상태였다. 평화조약은 어찌 보면 수호설보다도 더 정신력을 많이 잡아먹는 기술이었다. 과거 모베라에서 광역으로 펼쳤을 때는 10초도 못 버티고 평화조약이 깨졌던 적도 있다.

'얼마나 버틸 수 있을까?'

혼이 올 때까지 평화조약이 버틸 수 있을까라는 것도 의문이었다. 아니, 니나가 혼을 정말로 불러올까? 혼자 어디 가서 숨은 것은 아닐까? 그런 생각이 천화의 머릿속에 휘몰아쳤다.

천화는 고개를 절레 흔들었다.

이미 일을 벌인 상황에서 걱정하는 것은 쓸데없는 일이었다. 괜히 정신력을 그런 곳에 할애할 필요는 전혀 없었다.

"아……."

레인은 멍하니 두루마리만 쳐다보고 있었다. 오로지 인도자를 죽이는 것만이 목적이었던 레인의 머리에서 전투라는 단어를 빼버리니 바보가 되어버린 것이다. 천화는 그때를 틈타 레인에게 말을 걸었다.

"도대체 왜 인도자를 노리는 거죠?"

"인도자?"

레인은 천화를 슬쩍 바라보고는 다시 두루마리로 시선을 옮겼다.

"적이니까."

레인의 말과 동시에 평화조약이 희미해져 갔다. 천화는 흩어져가는 정신을 하나로 모아보았다. 하지만 천화의 정신은 이미 산산조각이 난 유리와 같았다. 1초가 다르게 평화조약은 약해져갔다.

"하아, 하아."

"인도자님."

타르티스가 천화의 몸 안에서 튀어나왔다. 타르티스는 재빨리 서약서를 작성해 천화의 앞에 내밀었다.

"뭐야?"

"전투용 능력이 있긴 하죠, 그래도 인도자인데."

타르티스는 한숨을 내쉬었다.

"본인이 쓰기는 좀 뭐하지만."

서약서의 내용은 간단했다.

전신(戰神)의 서약서

본 서약서에 사인을 한 자는 전신(戰神)의 가호를 받게 된다.

"이게 어때서? 당장에라도……."

"전신의 가호란 미궁 세계에서 가장 강력한 강화기에 요."

타르티스가 천화의 손을 막았다.

"전신의 가호를 받은 자는 고통을 느끼지도 않고, 자신의 한계보다도 더 빠르게, 더 강하게 움직이죠. 모든 근육은 온몸의 잉여에너지를 전부 잡아먹게 될 거예요. 오래 싸우면…… 죽어요."

타르티스의 말에는 한 점 거짓말도 없었다. 지금까지 화합의 인도자들은 단 한 번도 전신의 가호를 스스로에게 사용한 적이 없었다. 화합의 인도자를 따르는 사람, 혹은 다른 길드원들을 서약시킨 뒤 그것으로 이득을 뽑아냈다.

"인도자님이 초재생이어도. 죽을 수 있어요."

"그래?"

천화는 빙긋 미소를 짓고 손가락을 들었다.

"타르티스. 그거 알아? 혼씨가 가끔 말하는 건데 말이야."

"네?"

천화는 사인을 함과 동시에 말했다.

"선택지가 없으면, 그 선택지가 아무리 엿 같아도 빨리 행동해야 한다."

사인과 동시에 평화협정이 사라졌다. 타르티스는 곧장 천화의 몸 안으로 들어갔다.

레인은 곧바로 천화를 바라봤다. 천화는 조용히 고개를 숙이고 있을 뿐 레인의 움직임에 반응하지 않았다. 레인은 마치 굶주린 짐승처럼 천화를 향해 달려들었다. 좀 전에는 안일하게 팔만 뜯어냈다가 평화협정에 걸려 시간만 죽였다.

레인은 진심으로 천화를 죽이기 위해 움직였다.

"죽어라! 인도자."

초고속으로 레인은 천화의 목을 노렸다. 그런 그의 눈에 들어온 것은 손바닥이었다.

퍽하는 소리와 함께 레인이 멈춰 섰다. 천화의 손바닥이 그의 이마 위에 올려져 있었다. 방금까지만 해도 반응조차 못 하던 천화였다. 그런 그녀가 고작 손바닥으로 작정하고 달려든 레인을 막아낸 것이었다.

기괴하게 웃고만 있던 레인의 얼굴에 당혹감이 순간적으로 스쳐 지나갔다.

"누굴 죽인다고?"

천화는 고개를 들었다.

언제나 사람 좋게 웃고 있던 천화는 온데간데없이 사라졌다. 그녀의 얼굴은 자신감으로 가득 차 있었다.

마치 자신은 절대로 지지 않는다는 그런 자신감.

-일 났네.-

타르티스가 속에서 걱정스러운 한마디를 내뱉었다.

"흐아아아압!"

천화의 주먹이 레인의 턱을 후려쳤다. 레인은 땅을 튕긴 뒤 저 멀리 날아가 한 가게를 박살냈다. 레인은 잠시의 시간도 천화에게 주지 않고 곧장 일어나 달려들었다. 천화는 빠르게 움직여 잘린 팔이 들고 있던 용의 무구를 들었다.

천화가 든 용의 무구는 검은색을 띠고 있었다. 그것은

누군가를 꼭 죽이겠다는 감정을 내포하고 있었다.

분노보다도 더 위의 감정.

그것은 광기.

천화는 달려드는 레인을 향해 검을 휘둘렀다. 용의 무구는 감정에 따라 사용자의 신체능력을 올려주는 효과가 있었다. 감정을 거의 사용하지 않는 혼과는 전혀 맞지 않는 무기였지만 전신과 계약한 천화에게는 그야말로 안성맞춤이었다.

쾅!

천화가 내려치는 검을 레인이 겨우겨우 팔을 들어 막았다.

또 한번 충격파가 주변을 휩쓸었다.

떨어지는 땀방울조차 느릿하게 보일 정도였다. 미처 땀방울이 땅에 닿기도 전에 천화는 다시 공격을 가했다.

레인은 그것을 피하며 다시 반격했다.

한 번 부딪힐 때마다 뼈가 흔들렸다. 천화는 이를 악물고 연속해서 레인을 몰아쳤다.

전신의 서약은 인간이라면 모두 가지고 있는 파괴의 본능을 꺼내오는 것이었다. 지구 상의 생명체 중 유일하게 파괴와 지배를 즐기는 종족. 인간에게 있어 파괴란 생존을 위한 본능이 아닌 종족 본연의 특성이라는 견해도 있었다.

천화의 본능은 아주 깊은 곳에 숨어있었다. 단 한 번도 표출된 적이 없었다. 그래서인지 더욱 억눌려있던 파괴의 본능은 보통의 사람보다도 더 강렬하게 내뿜어져 나오고 있었다.

"고작 화합이!"

레인이 악을 지르며 천화를 밀어냈다. 천화는 검 하나를 땅에 박으며 최대한 밀려나는 것을 방지했다.

"타르티스. 더 빨라질 수 있나?"

-원한다면 전신은 모든 것을 들어줍니다만…….-

"그렇다면 난 더 빨라져야겠어."

천화의 눈이 붉게 물들었다. 심박수가 한계를 모르고 치솟았다. 피눈물이 눈에 고일 정도로 그녀의 몸에 과부하가 걸렸다.

천화는 마치 총알처럼 튀어 나갔다. 화들짝 놀란 레인이 양팔을 교차시켜 천화의 공격을 막았다.

레인은 반격이라는 것을 생각할 겨를이 없었다.

마치 토네이도 안에 갇힌 것처럼 천화의 공격은 사방에서 쏟아졌다. 한 방, 한 방이 목숨을 위협하는 공격. 레인은 거북이처럼 몸을 말아 방어했다.

"하아아아아!"

근육의 비명이 그대로 목을 타고 터져 나왔다.

더 빠르게, 더 강하게. 천화는 레인을 죽일 수 있는 힘을 갈망하고 있었다. 그에 따라 전신은 그녀에게 감당하지 못할 정도의 힘을 내려주고 있었다.

레인은 처음으로 공포를 느꼈다.

4성 오버로드로 태어나 모든 워커들을 압도했다. 그 어떤 워커들도 레인에게 제대로 대항한 적이 없다. 인도자를 죽여야 한다는 생각이 들었을 때도 매우 쉬운 일이라 생각했다.

그러나 인도자는 결코 쉽지 않았다.

"크윽."

레인의 신음소리가 흘러나왔다.

1초에 강철음이 수십 번은 들렸다. 천화와 레인을 둘러싼 방어군은 무슨 일이 일어나고 있는지도 제대로 볼 수 없었다. 그저 넋을 놓고 두 사람의 전투를 지켜볼 뿐.

-인도자님!-

타르티스가 다급하게 외쳤다.

'더 빠르게! 더 빠르게!'

5초간의 일방적인 공세. 천화의 몸은 이미 한계였다. 그렇지만 레인의 방어는 뚫릴 생각을 않고 있었다.

-더는 안 돼요!-

'더 강하……'

천화의 생각이 끝나기도 전에 그녀의 팔이 먼저 뜯겨 나갔다.

자연적으로 뼈와 근육이 찢어진 것이다. 전신이 내려준 속도와 강함이 신체가 버틸 수 있는 한계를 넘겼다. 오른팔이 떨어져 나가는 것을 본 천화의 정신이 멍해졌다.

공세가 늦춰진 그 순간을 레인은 놓치지 않았다.

레인은 있는 힘을 다해 주먹을 뻗어 천화의 복부를 쳤다. 아직은 전신의 가호가 남아있어 상체가 분쇄되는 일은 없었다. 그러나 천화는 치명상을 입고 바닥을 긁으며 날아갔다.

"크윽."

천화의 팔은 재생되었다.

그러나 전신의 가호는 끝이 나고 있었다. 더 이상 천화는 싸울 수 있는 상태가 아니었다.

잠시나마. 5초나마 천화는 레인을 압도했다.

그러나 그것이 끝이었다. 원래부터 천화의 신체능력은 좋은 편이 아니었고, 그녀의 무기 능력과 신체능력은 전투에 도움을 줄 수 있는 것이 아니었다.

"으, 으으……."

천화는 억지로 몸을 일으키려 했다. 그러나 그 순간 극심한 통증이 두 다리를 휘감았다.

"으아아아아!"

천화는 일어나지 못하고 울부짖었다. 온몸이 찢어진 것

만 같았다. 고개를 드는 것도, 아니 가만히 있는 것조차 고통이었다. 당장에라도 죽고 싶다는 생각이 절로 들 정도.

"이래서 비추천인데. 으으……."

타르티스가 튀어나와 머리를 부여잡았다. 이러다가는 인도자를 맞이한 지 며칠도 안 되어 다시 백수가 될 것만 같았다.

레인 또한 충격이 있었다. 실제로 한 10초 정도만 더 얻어맞았으면 레인도 위험한 수준이었다. 하지만 결국 천화가 먼저 무너졌다.

"하……, 하하! 하하하하!"

레인은 실실 웃으며 천천히 천화에게로 걸어갔다. 천화는 레인이 걸어오고 있다는 사실조차 인지하지 못할 만큼 고통에 시달리고 있었다.

"아, 망할 년. 죽을 뻔했네."

레인은 천화의 바로 앞까지 다가왔다.

"오지 마. 오지 말라고!"

타르티스가 막아섰지만 단 한방에 정리하는 것이 가능했다. 타르티스를 주먹으로 날려버린 레인은 끙끙대는 천화를 내려보았다.

"어이, 어디서 그렇게 강한 힘을 얻으셨나? 하하하하하하!"

레인은 천화의 얼굴을 발로 밟았다.

"크윽. 하아, 하아. 아……."

"죽을 뻔했잖아."

레인은 천화의 얼굴을 걷어찼다. 이미 의식이 멀어지고 있던 천화는 기절한 듯 신음을 멈췄다.

"빨리 죽이고 다음 녀석들을……."

"뭐하냐?"

"어라?"

레인은 소리가 들린 쪽으로 고개를 돌렸다. 그 순간 둔탁한 충격이 그의 얼굴을 때렸다. 피를 뿜으며 날아간 레인은 곧바로 자세를 잡고 앞을 보았다.

"이야, 단단하네."

은색 메이스를 든 혼은 서 있었다.

혼은 눈동자를 굴려 천화를 힐끗 보았다. 레인은 그런 혼을 보며 킥킥거렸다.

"또 다른 인도자구나. 또 다른 인도자! 반갑다. 하하하 하하하!"

레인은 기쁜 듯 외쳤다. 이미 그의 기억 속에 죽음의 공포는 멀어진 뒤였다. 천화가 비정상적으로 강화되었던 것뿐, 다른 인도자들은 다 거기서 거기일 것이라는 생각이었다.

"세 명이나 한 도시에 있다니. 난 행운아야. 빨리 태어

나서 잘됐군. 자 그러면⋯⋯."

"시끄러워. 조용히 좀 해봐라."

천화를 바라보던 혼은 고개를 돌려 레인의 눈을 마주 보았다.

소름.

태어나서 처음 느껴보는 소름이라는 것이 레인을 짓눌렀다. 언제나 포식자였던 그가 처음으로 느껴본 감정.

그것은 위험이었다.

레인은 순간 고개를 절레 흔들었다. 그럴 리가 없다. 아무리 인도자라 할지라도 한낱 워커가 아니던가. 화합의 인도자는 폭발적인 파워를 보여줬으나 고작 10초도 안 되는 순간이었다.

환상이다. 냉정만 되찾으면 혼이 뭐가 됐든 레인이 질 리는 없었다.

그런데 그때 타르티스가 무언가를 혼에게 던졌다.

"죽음 오빠! 사인!"

혼은 서약서를 슬쩍 보더니 내용도 제대로 읽지 않고 사인했다. 뭔지는 몰라도 타르티스가 급하게 던진 것을 보면 절대 손해 보는 것은 아니라는 것이다.

위협은 현실이 되어 레인을 휘감았다.

리첼리아는 검으로 변해 혼의 손에 들려졌다. 진정한 의미의 사신이 레인의 앞으로 한 발자국 걸어왔다. 레인의 등에 식은땀이 흐르는 순간 혼이 움직였다.

'피해야 한다!'

레인의 생각과 동시에 혼의 공격이 들어갔다. 레인은 억지로 몸을 움직였다.

촤아아아아!

시원한 소리와 함께 레인의 팔이 잘려나갔다.

〈6권에서 계속〉